同题散文经典

陈子善 蔡翔 ◎ 编

翡冷翠山居闲话
五峰游记

徐志摩 李大钊 等 ◎ 著

人民文学出版社

图书在版编目(CIP)数据

翡冷翠山居闲话 五峰游记/徐志摩等著;陈子善,蔡翔编.
—北京:人民文学出版社,2017(2024.10 重印)
(同题散文经典)
ISBN 978-7-02-012579-1

Ⅰ.①翡… Ⅱ.①徐… ②陈… ③蔡… Ⅲ.①散文集-中国-现代②散文集-中国-当代 Ⅳ.①I266

中国版本图书馆 CIP 数据核字(2017)第 068947 号

责任编辑:李 娜 张玉贞
封面设计:汪佳诗

出版发行　人民文学出版社
社　　址　北京市朝内大街 166 号
邮政编码　100705

印　　刷　山东新华印务有限公司
经　　销　全国新华书店等

开　　本　890 毫米×1240 毫米　1/32
印　　张　6
插　　页　2
字　　数　130 千字
版　　次　2008 年 9 月北京第 1 版
印　　次　2024 年 10 月第 3 次印刷

书　　号　978-7-02-012579-1
定　　价　39.00 元

如有印装质量问题,请与本社图书销售中心调换。电话:010－65233595

编辑例言

中国素来是散文大国,古之文章,已传唱千世。而至现代,散文再度勃兴,名篇佳作,亦不胜枚举。散文一体,论者尽有不同解释,但涉及风格之丰富多样,语言之精湛凝练,名家又皆首肯之。因此,在时下"图像时代"或曰"速食文化"的阅读气氛中,重读散文经典,便又有了感觉母语魅力的意义。

本着这样的心愿,我们对中国现当代的散文名篇进行了重新的分类编选。比如,春、夏、秋、冬,比如风、花、雪、月等等。这样的分类编选,可能会被时贤议为机械,但其好处却在于每册的内容相对集中,似乎也更方便一般读者的阅读。

这套丛书将分批编选出版,并冠之以不同名称。选文中一些现代作家的行文习惯和用词可能与当下的规范不一致,为尊重历史原貌,一律不予更动。考虑到丛书主要面向一般读者,选文不再注明出处。由于编选者识见有限,挂一漏万在所难免,因此,遗珠之憾也将存在。这些都只能在编选过程中逐步弥补,敬请读者诸君多多指教。

目录

五峰游记 .... 李大钊　1

阳台山大觉寺 .... 俞平伯　4

雨中登泰山 .... 李健吾　8

天山行色 .... 汪曾祺　14

采山的人们 .... 迟子建　24

峨眉山上的景物 .... 许钦文　31

高高的天子山 .... 碧　野　38

庐山游记(节选) .... 丰子恺　43

华山谈险 .... 黄苗子　48

黄山记 .... 徐　迟　56

黄山小记 .... 菡　子　63

泰山极顶 .... 杨　朔　68

平凉崆峒山笔记 .... 贾平凹　72

浮山 .... 牧　惠　75

山中的历日 .... 郑振铎　83

皋亭山 .... 郁达夫　89

雁荡行(节选) .... 萧　乾　93

雁荡奇峰怪石多 .... 周瘦鹃　112

虞山春 .... 黄　裳　116

满身云雾上狼山 .... 陈从周　124

游太保山记 .... 周　涛　129

武夷日记 .... 斯　妤　135

鼎湖山听泉 .... 谢大光　140

山盟 .... 余光中　143

山居散章 .... 愚　庵　153

往事(三) .... 冰　心　161

翡冷翠山居闲话 .... 徐志摩　163

我所爱游的名山 .... 周瘦鹃　166

死山 .... 许达然　172

上山 .... 聂绀弩　175

山 .... 林斤澜　182

五峰游记

◎李大钊

我向来惯过"山中无历日,寒尽不知年"的日子,一切日常生活的经过都记不住时日。

我们那晚八时顷,由京奉线出发,次日早晨曙光刚发的时候,到滦州车站。此地是辛亥年张绍曾将军督率第二十军,停军不发,拿十九信条要挟清廷的地方。后来到底有一标在此起义,以寡不敌众失败,营长施从云、王金铭,参谋长白亚雨等殉难。这是历史上的纪念地。

车站在滦州城北五里许,紧靠着横山。横山东北,下临滦河的地方,有一个行宫,地势很险,风景却佳,而今做了我们老百姓旅行游览的地方。

由横山往北,四十里可达卢龙。山路崎岖,水路两岸万山重叠,暗崖很多,行舟最要留神,而景致绝美。由横山往南,滦河曲折南流入海,以陆路计,约有百数十里。

我们在此雇了一只小舟,顺流而南,两岸都是平原。遍地的禾苗,虽是茂盛,但已觉受旱。禾苗的种类,以高粱为多,因为滦河一带,主要的食粮,就是高粱。谷黍豆类也有。滦河每年泛滥,河身移从无定,居民都以为苦。其实滦河经过的地方,虽有时受害,而大体看来,却很富厚,因为它的破坏中,却带来了很多的新生活种子、原料。房屋老了,经它一番破坏,新的便可产生。土质乏了，经它一回滩淤，肥的就会出现。这条滦河简直是这一方的旧生活破坏者，新生活创造者。可惜人都是苟安，但看见它的破坏，看不见它的建设，却很冤枉了它。

河里小舟漂着，一片斜阳射在水面，一种金色的浅光，衬着岸上的绿野，景色真是好看。

天到黄昏，我们还未上岸。从舟人摇橹的声中，隐约透出了远村的犬吠，知道要到我们上岸的村落了。

到了家乡，才知道境内很不安静。正有"绑票"的土匪，在各村骚扰。还有"花会"照旧开设。

过了两三日，我便带了一个小孩，来到昌黎的五峰。是由陆路来的，约有八十里。从前昌黎的铁路警察，因在车站干涉日本驻屯军的无礼的行动，曾有五警士为日兵惨杀。这也算是一个纪念地。

五峰是碣石山的一部，离车站十余里，在昌黎城北。我们清早雇骡车运行李到山下。

车不能行了，只好步行上山。一路石径崎岖，曲折得很，两旁松林密布。间或有一二人家很清妙的几间屋，筑在山上，大概窗前都有果园。泉水从石上流着，潺潺作响，当日恰遇着微雨，山景格外新鲜。走了约四里许，才到五峰的韩公祠。

五峰有个胜境，就在山腹。望海、锦绣、平斗、飞来、挂月，五个山峰环抱如椅。好事的人，在此建了一座韩文公祠。下临深涧，涧中树木丛森。在南可望渤海，碧波万顷，一览无尽。我们就在此借居了。

看守祠宇的人，是一双老夫妇，年事都在六十岁以上，却很健康。此外一狗、一猫、两只母鸡，构成他们那山居的生活。

我们在此，找夫妇替我们操作。

祠内有两个山泉可饮。煮饭烹茶，都从那里取水。用松枝做柴，颇有一种趣味。

山中松树最多，果树有苹果、桃、杏、梨、葡萄、黑枣、胡桃等。今年果收都不佳。

来游的人却也常有。但是来到山中，不是吃喝，便是赌博，真是大煞风景。

山中没有野兽，没有盗贼，我们可以夜不闭户，高枕而眠。

久旱，乡间多求雨的，都很热闹，这是中国人的群众运动。

昨日山中落雨，云气把全山包围。树里风声雨声，有波涛澎湃的样子。水自山间流下，却成了瀑布。雨后大有秋意。

阳台山大觉寺

◎俞平伯

素闻阳台山大觉寺杏花之胜,以懒迄未往。今岁四月十日往游之,记其梗略云。是日星期四,连日阴,晨起天微露晴意,已约佩在燕京大学,行具亦备,于六时五十分抵南池子,七时车开,十五分出西直门,同车只一人,且不相识,兀坐而已,天容仍阴晴无主。数日未出,觉春物一新,频年奔走郊甸,均为校课,即值良辰,视同冗赘,今日以游赏而去,弥可喜也。弧形广陌,新柳两行,陇畔土房,杏花三四,昔阴未散,轻尘不飞,于三十三分抵西勾桥,佩已坐候于燕京校友门,并雇得小驴一头,携粉红彩画水持一,牛肉面包一包。其驴价一元二角,劝予亦雇之。"你不是在苏州骑过驴吗,有髀肉复生之感吧?"应之曰:"不。"雇得人力车,车夫二人,价二元五角。舍驴而车有四说焉。驴之为物虽经尝试而不欲屡试,一也;携来饮食无车则安置不便,二也;驴背上诚有诗思,却不便记载,三也;明知车价昂,无如之何耳。

于五十五分过颐和园,望见大门,循东北宫墙行,浅漪一片,白鸭数只,天渐放晴,路如香炉。八时四分逾一大石桥,安和桥也,亦作安河。转入大道,亦土道也,特平坦,不复香灰耳。夹道稗柳青青,行行去去,渐见西山,童秃为主,望红石山口(俗呼红山口),以乘车不得过,循百望山行。其麓为天主教士所建屋。询车夫以百望山,不解,以望儿山呼之。山形较陡峭,上有垒石,有废庙,与载记合。三十分抵西百望,车夫呼以西北望,而公家则标之曰西北旺。自西勾桥至此十五里。(凡所记里数均车夫言之。)停车上捐,铜子十枚,驴则无捐。车夫购烧饼十枚,四里两家佃(晾甲店),又一车夫云六里殆误。过青龙寺门前,寺甚小。时为四十八分。五里太子务(太子府),已九时六分。以大路车辙深峻,穿村而过。此十里间,群山回合,其中原野浩莽,气象阔大。车中携得奉宽《妙峰山琐记》,有按图索骥之妙。所谓蜘蛛山顶,一松婆娑,良信。至于跌死猫盘道如何如何,驴夫之言莫能详也。至书中所谓蜘蛛如香炉,百望城子如烛台,则并不神似。出太子务抵黑龙潭不及一里,时为九时十四分。

　　登石坡,入龙王祠。殿在石级上,佩昔曾登之,云无可观览,徒费脚力。遂从侧门入,观潭。潭以圆廊绕之,循廊而行,从窗牖间遥看平畴,近瞩流水,即潭之一脉也。下临潭,不广而清,如绿琉璃,底有砾石。窄处为源,泡沫不盛。在此食甜面包及水,予所携也。佩云:"此绿绿得老,不如仙潭嫩绿。"又云:"其形如……其形如说不出。"黑龙潭固非方圆,亦非三棱也。此地予系初来,佩则重游矣。出时为三十七分。五十分白家疃,计程三里,有白家潭,白家滩异名,俗呼之。五里温泉村,有中法校附设中学在。此村颇大,亦整洁,壁上时见标语,忆其一曰:"温泉村万岁。"十时二分过温泉疗养院,未入游。二十五分,周家巷,巷口门楼,上祀文昌。已近城子山麓,望北安河隐约可辨。城子山上亦有庙,群山一桁,山腰均点缀以杏花,惜只可入远望耳。佩云:"杏花好,可惜背景差点。"诚然。北地山骹水草,枯而失润,雄壮有余,美秀不足,不独西山然也。

　　值午,天渐热,大觉寺可望,路渐高,车夫以疲而行缓。进路不甚宽,旁有梨杏颇繁,均果园也。梨花只开七八分,作嫩绿色,正当盛时。杏则凋残,半余绛萼,即有残英未谢,亦憔悴可怜。家君诗云,"燕南风景清明最,新柳鹅黄杏粉霞"(《小竹里馆吟草》卷六),盖北方杏花以清明为候,诗纪实也。唯寺前之杏,多系新枝非老干,且短垣隔之,以半面妆向人,觉未如所期,聊作游散耳。十时四十六分抵大觉寺,自温泉村至此八里许。

　　入寺门,颇喧杂,有乞丐,从东侧升。引导流水,萦洄寺里,寺故江之清水院,以泉得名。此在北土为罕见,于吾乡则"辽东豕"耳。既升,见浮屠,在大悲坛后,形似液池琼岛,色较黯淡。二巨松护之,夭矫拏攫。塔后方塘澄清,蓄泉为之。塘后小楼不高,佩登之,返告曰:"平常。"即在塔侧午食,荫松背泉,面眺平原。携有酱肉、肉松、鸭卵等物。佩则出英制 Corned Beef, 启之,肉汁流石,而盒不开。适有小童经过,自告奋勇,携至香积厨代启之,酬以二十枚,面包两片。佩甘肉松,而予则甘其牛肉,已饱矣,犹未已,忽天风琅然挟肉松以飞,牛肉略尽其半,固不动也,于是罢餐。各出小刀削梨而食之。西行上领要亭,拾级下至四宜堂前,有半涧玉兰两株,其巨尚不如吴下曲园中物。小童尾随不去,佩又酬以十枚,导至殿外,观松上寄生槐榆,其细如指。向童子曰:"完了吗?"答曰:"没有啦。"乃径出门去,小步石坡约半里,杏花仍无可观,遂登车上驴,十二时十分也。大觉寺附近还有胜景,惜我辈不知也。

　　小驴宜近不宜远,而阳台海甸间,往返八十余里。(车夫曰百里者,夸词也,为索车资作张本耳。)于去时,佩之驴已雅步时多,奔跑时少,归途则弥从容。驴夫见告,此公连日游香山、卧佛寺等处,揣其意似爱惜之,不忍多加鞭策。虽时时以车候骑,予仍先抵温泉疗养院,时为十二时四十五分。待五分,佩至。此地有垂杨流水,清旷明秀,食浴均可。坐廊下饮西山汽水二,即入浴。人得一室,导汤入池,池形似盆,而较深广。平常浴水入后渐凉,猛加热汤又增刺激,此则温冷恰可,久而弥隽,故佳品也。至内含硫质有益卫生否,事近专门,予不知云。可惜者,池两端各一孔,一入一出,虽终日长流,而究不能彻底换水。浴罢复行,已一时三十五分。北方气候,甫晴便热,且溯来路而归,憨可观览,原野微有燥风,与晨间之润涸不侔。过白家疃、太子务两家佃,其行甚缓。途次,佩曰:"去的时候骑驴是军政,现在是训政时期,宪政还没有到哩。"话言甫毕,不数百武忽坠乘,幸无伤,然则训政时期到否亦有问题也。

近西百望时,与佩约会于清华,遂先行。过万寿山后,车夫饮水,天亦渐凉。经挂甲屯,穿行燕京大学,入西门出东门,四时六分抵清华南院,付车资二元六角,加以在寺所付之饭钱四角,共计三元。入校门饮冰一杯。返南院时佩已归,云至万寿山易骑而车,否则恐尚在途中也。小息饮茗,于五时半乘车返北京东城,抵家正六时三十分,适得十二时,行百二十里许。

4月11日写记

雨中登泰山

◎李健吾

从火车上遥望泰山,几十年来有好些次了,每次想起"孔子登东山而小鲁,登泰山而小天下"那句话来,就觉得过而不登,像是欠下悠久的文化传统一笔债似的。杜甫的愿望:"会当凌绝顶,一览众山小",我也一样有,惜乎来去匆匆,每次都当面错过了。

而今确实要登泰山了,偏偏天公不作美,下起雨来,淅淅沥沥,不像落在地上,倒像落在心里。天是灰的,心是沉的。我们约好了清晨出发,人齐了,雨却越下越大。等天晴吗?想着这渺茫的"等"字,先是憋闷。盼到十一点半钟,天色转白,我不由喊了一句:"走吧!"带动年轻人,挎起背包,兴致勃勃,朝岱宗坊出发了。

是烟是雾,我们辨识不清,只见灰蒙蒙一片,把老大一座高山,上上下下,裹了一个严实。古老的泰山越发显得崔嵬了。我们才过岱宗坊,震天的吼声就把我们吸引到虎山水库的大坝前面。七股大水,从水库的桥孔跃出,仿佛七幅闪光黄锦,直铺下去,碰着嶙嶙的乱石,激起一片雪白水珠,脱线一般,洒在回旋的水面。这里叫作虬在湾:据说虬早已被吕洞宾度上天了,可是望过去,跳掷翻腾,像又回到了故居。我们绕过虎山,站到坝桥上,一边是平静的湖水,迎着斜风细雨,懒洋洋只是欲步不前,一边却喑噁叱咤,似有千军万马,躲在绮丽的黄锦底下。黄锦是方便的比喻,其实是一幅细纱,护着一幅没有经纬的精致图案,透明的白纱轻轻压着透明的米黄花纹。——也许只有织女才能织出这种瑰奇的景色。

雨大起来了,我们拐进王母庙后的七真祠。这里供奉着七尊塑像,正面当中是吕洞宾,两旁是他的朋友铁拐李和何仙姑,东西两侧是他的四个弟子,所以叫作七真祠。吕洞宾和他的两位朋友倒也罢了,站在龛里的两个小童和柳树精对面的老人,实在是少见的传神之作。一般庙宇的塑像,往往不是平板,就是怪诞,造型偶尔美的,又不像中国人,跟不上这位老人这样逼真、亲切。无名的雕塑家对年龄和面貌的差异有很深的认识,形象才会这样栩栩如生。不是年轻人提醒我该走了,我还会欣赏下去的。

我们来到雨地,走上登山的正路,一连穿过三座石坊:一天门、孔子登临处和天阶。水声落在我们后面,雄伟的红门把山挡住。走出长门洞,豁然开朗,山又到了我们跟前。人朝上走,水朝下流,流进虎山水库的中溪陪我们,一直陪到二天门。悬崖崚嶒,石缝滴滴答答,泉水和雨水混在一起,顺着斜坡,流进山涧,淯淯的水声变成訇訇的雷鸣。有时候风过云开,在底下望见南天门,影影绰绰,耸立山头,好像并不很远;紧十八盘仿佛一条灰白大蟒,匍匐在山峡当中;更多的时候,乌云四合,层峦叠嶂都成了水墨山水。蹚过中溪水浅的地方,走不太远,就是有名的经石峪,一片大水漫过一亩大小的一个大石坪,光光的石头刻着一部《金刚经》,字有斗来大,年月久了,大部分都让水磨平了。回到正路,雨不知道什么时候已经住了,人走了一身汗,巴不得把雨衣脱下来,凉快凉快。说巧也巧,我们正好走进一座柏树林,阴森森的,亮了的天又变黑了,好像黄昏提前到了人间,汗不但下去,还觉得身子发冷,无怪乎人把这里叫作柏洞。我们抖擞精神,一气走过壶天阁,登上黄岘岭,发现沙石全是赤黄颜色,明白中溪的水为什么黄了。

靠住二天门的石坊,向四下里眺望,我又是骄傲,又是担心。骄傲我已经走了一半的山路,担心自己走不了另一半的山路。云薄了,雾又上来。我们歇歇走走,走走歇歇,如今已经是下午四点多了。困难似乎并不存在,眼面前是一段平坦的下坡土路,年轻人跳跳蹦蹦,走了下去,我也像年轻了一样,有说有笑,跟在他们后头。

我们在不知不觉中,从下坡路转到上坡路,山势陡峭,上升的坡度越来越大。路一直是宽整的,只有探出身子的时候,才知道自己站在深不可测的山沟边,明明有水流,却听不见水声。仰起头来朝西望,半空挂着一条两尺来宽的白带子,随风摆动,想凑近了看,隔着辽阔的山沟,走不过去。我们正在赞不绝口,发现已经来到一座石桥跟前,自己还不清楚是怎么一回事,细雨打湿了浑身上下。原来我们遇到另一类型的飞瀑,紧贴桥后,我们不提防,几乎和它撞个正着。水面有两三丈宽,离地不高,发出一泻千里的龙虎声威,打着桥下奇形怪状的石头,白沫喷得老远。从这时候起,山涧又从左侧转到右侧,水声淙淙,跟我们跟到南天门。

过了云步桥,我们开始走上攀登泰山主峰的盘道。南天门应该近了,由于山峡回环曲折,反而望不见了。野花野草,什么形状也有,什么颜色也有,挨挨挤挤,芊芊莽莽,要把巉岩的山石装扮起来。连我上了一点岁数的人,也学小孩子,掐了一把,直到花朵和叶子全蔫了,才带着抱歉的心情,丢在山涧里,随水漂去。但是把人的心灵带到一种崇高的境界的,却是那些"吸翠霞而夭矫"的松树。它们不怕山高,把根扎在悬崖绝壁的隙缝,身子扭得像盘龙柱子,在半空展开枝叶,像是和狂风乌云争夺天日,又像是和清风白云游戏。有的松树望穿秋水,不见你来,独自上到高处,斜着身子张望。有的松树像一顶墨绿大伞,支开了等你。有的松树自得其乐,显出一副潇洒的模样。不管怎么样,它们都让你觉得它们是泰山的天然的主人,谁少了谁,都像不应该似的。雾在对松山的山峡飘来飘去,天色眼看黑将下来。我不知道上了多少石级,一级又一级,是乐趣也是苦趣,好像从我有生命以来就在登山似的,迈前脚,拖后脚,才不过走完慢十八盘。我靠住升仙坊,仰起头来朝上望,紧十八盘仿佛一架长梯,搭在南天门口。我胆怯了。新砌的石级窄窄的,搁不下整脚。怪不得东汉的应劭引用马第伯在《封禅仪记》里的话,这样形容:"仰视天门,窔辽如从穴中视天,直上七里,赖其羊肠透迤,名曰环道,往往有絙索,可得而登也。两从者扶挟,前人相牵,后人见前人履底,前人见后人顶,如画重累人矣。所谓磨胸捫石,扪天之难也。"一位老大爷,斜着脚步,穿花一般,侧着身子,赶到我们前头。一位老大娘,挎着香袋,尽管脚小,也稳稳当当,从我们身边过去。我像应劭说的那样,"目视而脚不随",抓住铁扶手,揪牢年轻人,走十几步,歇一口气,终于在下午七点钟,上到南天门。

心还在跳,脚还在抖,人到底还是上来了。仰头望着新整然而长极了的盘道,我奇怪自己居然也能上来。我走在天街上,轻松愉快,像一个没事人一样。一排留宿的小店,没有名号,只有标记,有的门口挂着一只笊篱,有的窗口放着一对鹦鹚,有的是一根棒槌,有的是一条金牛,地方宽敞的摆着茶桌,地方窄小的只有炕几,后墙紧贴着峥嵘的山石,前脸正对着万丈的深渊。别成一格的还有那些石头。古诗人形容泰山,说"泰山岩岩",注解人告诉你:岩岩,积石貌。的确这样,山顶越发给你这种感觉。有的石头像莲花瓣,有的像大象头,有的像老人,有的像卧虎,有的错落成桥,有的兀立如柱,有的侧身探海,有的怒目相向。有的什么也不像,黑乎乎的,一动不动,堵住你的去路。年月久,传说多,登封台让你想象帝王拜山的盛况,一个光秃秃的地方会有一块石碣,指明是"孔子小天下处"。有的山池叫作洗头盆,据说玉女往常在这里洗过头发;有的山洞叫作白云洞,传说过去往外冒白云,如今不冒白云了,白云在山里依然游来游去。晴朗的天,你正在欣赏"齐鲁青未了",忽然一阵风来,"荡胸生层云",转瞬间,便像宋之问在《桂阳三日述怀》里说起的那样,"云海四茫茫"。是云吗?头上明明另有云在。看样子是积雪,要不也是棉絮堆,高高低低,连续不断,一直把天边变成海边。于是阳光掠过,云海的银涛像镀了金,又像着了火,烧成灰烬,不知去向,露出大地的面目。两条白线,曲曲折折,是漆河,是汶河。一个黑点子在碧绿的图案中间移动,仿佛蚂蚁,又冒一缕青烟。你正在指手画脚,说长道短,虚像和实像一时都在雾里消失。

  我们没有看到日出的奇景。那要在秋高气爽的时候。不过我们也有自己的独得之乐:我们在雨中看到的瀑布,两天以后下山,已经不那样壮丽了。小瀑布不见,大瀑布变小了。我们沿着西溪,翻山越岭,穿过果香扑鼻的苹果园,在黑龙潭附近待了老半天。不是下午要赶火车的话,我们还会待下去的。山势和水势在这里别是一种格调,变化而又和谐。

山没有水，如同人没有眼睛，似乎少了灵性。我们敢于在雨中登泰山，看到有声有势的飞泉流瀑，倾盆大雨的时候，恰好又在斗母宫躲过，一路行来，有雨趣而无淋漓之苦，自然也就格外感到意兴盎然。

天山行色

◎汪曾祺

> 行色匆匆
> ——常语

南山塔松

所谓南山者,是一片塔松林。

乌鲁木齐附近,可游之处有二,一为南山,一为天池。凡到乌鲁木齐者,无不往。

南山是天山的边缘,还不是腹地。南山是牧区。汽车渐入南山境,已经看到牧区景象。两旁的山起伏连绵,山势皆平缓,望之浑然,遍山长着茸茸的细草。去年雪不大,草很短。老远就看到山间错错落落,一丛一丛的塔松,黑黑的。

汽车路尽,舍车从山涧两边的石径向上走,进入松林深处。

塔松极干净,叶片片片如新拭,无一枯枝,颜色蓝绿。空气也极干净。我们藉草倚树吃西瓜,起身时衣裤上都沾了松脂。

新疆雨量很少,空气很干燥,南山雨稍多,本地人说:"一块帽子大的云也能下一阵雨。"然而也不过只是帽子大的云的那么一点雨耳,南山也还是干燥的。然而一棵一棵塔松密密地长起来了,就靠了去年的雪和那么一点雨。塔松林中草很丰盛,花很多,树下可以捡到蘑菇。蘑菇大如掌,洁白细嫩。

塔松带来了湿润,带来了一片雨意。

树是雨。

南山之胜处为杨树沟、菊花台,皆未往。

天池雪水

一位维吾尔族的青年油画家(他看来很有才气)告诉我:天池是不能画的,太蓝,太绿,画出来像是假的。

天池在博格达雪山下。博格达山终年用它的晶莹洁白吸引着乌鲁木齐人的眼睛。博格达是乌鲁木齐的标志,乌鲁木齐的许多轻工业产品都用博格达山做商标。

汽车出乌鲁木齐,驰过荒凉苍茫的戈壁滩,驰向天池。我恍惚觉得不是身在新疆,而是在南方的什么地方。庄稼长得非常壮大茁实,油绿油绿的,看了教人身心舒畅。路旁的房屋也都干净整齐。行人的气色也很好,全都显出欣慰和满足。黄发垂髫,并怡然自得。有一个地方,一片极大的坪场,长了一片极大的榆树林。榆树皆数百年物,有些得两三个人才抱得过来。树皆健旺,无衰老态。树下悠然地走着牛犊。新疆山风化层厚,少露石骨。有一处,悬崖壁立,石骨尽露,石质坚硬而有光泽,黑如精铁,石缝间长出大树,树荫下覆,纤藤细草,蒙翳披纷,石壁下是一条湍急而清亮的河水……这不像是新疆,好像是四川的峨眉山。

到小天池(谁编出来的,说这是王母娘娘洗脚的地方,真是煞风景!)小憩,在崖下池边站了一会,赶快就上来了:水边凉气逼人。

到了天池,嗬!那位维吾尔族画家说得真是不错。有人脱口说了一句:"春水碧于蓝。"

天池的水,碧蓝碧蓝的。上面,稍远处,是雪白的雪山。对面的山上密密匝匝地布满了塔松——塔松即云杉,长得非常整齐,一排一排的,一棵一棵挨着,依山而上,显得是人工布置的。池水极平静,塔松、雪山和天上的云影倒映在池水当中,一丝不爽。我觉得这不像在中国,好像是在瑞士的风景明信片上见过的景色。

或说天池是火山口,——中国的好些天池都是火山口,自春至夏,博格达山积雪溶化,流注其中,终年盈满,水深不可测。天池雪水流下山,流域颇广。凡雪水流经处,皆草木华滋,人畜两旺。

作《天池雪水歌》:

明月照天山,雪峰淡淡蓝。
春暖雪化水流渐,流入深谷为天池。
天池水如孔雀绿,水中森森万松覆。
有时倒映雪山影,雪山倒影明如玉。
天池雪水下山来,快笑高歌不复回。
下山水如蓝玛瑙,卷沫喷花斗奇巧。
雪水流处长榆树,风吹白杨绿火炬。
雪水流处有人家,白白红红大丽花。
雪水流处小麦熟,新面打馕烤羊肉。
雪水流经山北麓,长宜子孙聚国族。
天池雪水深几许?储量恰当一年雨。

我从燕山向天山,曾度苍茫戈壁滩。
万里西来终不悔,待饮天池一杯水。

天山

　　天山大气磅礴,大刀阔斧,一个国画家到新疆来画天山,可以说是毫无办法。所有一切皴法,大小斧劈、披麻、解索、牛毛、豆瓣,统统用不上。天山风化层很厚,石骨深藏在砂砾泥土之中,表面平平浑浑,不见棱角。一个大山头,只有阴阳明暗几个面,没有任何琐碎的笔触。
　　天山无奇峰,无陡壁悬崖,无流泉瀑布,无亭台楼阁,而且没有一棵树,——树都在"山里"。画国画者以树为山之目,天山无树,就是一大片一大片紫褐色的光秃秃的裸露的干山,国画家没辙了!
　　自乌鲁木齐至伊犁,无处不见天山。天山绵延不绝,无尽无休,其长不知几千里也。
　　天山是雄伟的。

早发乌苏望天山
苍苍浮紫气,天山真雄伟。
陵谷分阴阳,不假皴擦美。
初阳照积雪,色如胭脂水。

往霍尔果斯途中望天山
天山在天上,没在白云间。
色与云相似,微露数峰巅。
只从蓝襞褶,遥知这是山。

伊犁闻鸠

到伊犁,行装甫卸,正洗着脸,听见斑鸠叫:

"鹁鸪鸪——咕,鹁鸪鸪——咕……"

这引动了我的一点乡情。

我有很多年没有听见斑鸠叫了。

我的家乡是有很多斑鸠的。我家的荒废的后园的一棵树上,住着一对斑鸠。"天将雨,鸠唤妇",到了浓阴将雨的天气,就听见斑鸠叫,叫得很急切:

"鹁鸪鸪,鹁鸪鸪,鹁鸪鸪……"

斑鸠在叫他的媳妇哩。

到了积雨将晴,又听见斑鸠叫,叫得很懒散:

"鹁鸪鸪,——咕!鹁鸪鸪,——咕!"

单声叫雨,双声叫晴。这是双声,是斑鸠的媳妇回来啦。"——咕",这是媳妇在应答。

是不是这样呢?我一直没有踏着挂着雨珠的青草去循声观察过。然而凭着鸠声的单双以占阴晴,似乎很灵验。我小时常常在将雨或将晴的天气里,谛听着鸠鸣,心里又快乐又忧愁,凄凄凉凉的,凄凉得那么甜美。

我的童年的鸠声啊。

昆明似乎应该有斑鸠,然而我没有听鸠的印象。

上海没有斑鸠。

我在北京住了多年,没有听过斑鸠叫。

张家口没有斑鸠。

我在伊犁,在祖国的西北边疆,听见斑鸠叫了。

"鹁鸪鸪——咕,鹁鸪鸪——咕……"

伊犁的鸠声似乎比我的故乡的要低沉一些,苍老一些。

有鸠声处,必多雨,且多大树。鸣鸠多藏于深树间。伊犁多雨。伊犁在全新疆是少有的雨多的地方。伊犁的树很多。我所住的伊犁宾馆,原是苏联领事馆,大树很多,青皮杨多合抱者。

伊犁很美。

洪亮吉《伊犁记事诗》云:

> 鹁鸪啼处却春风,宛与江南气候同。

注意到伊犁的鸠声的,不是我一个人。

苏公塔

苏公塔在吐鲁番。吐鲁番地远,外省人很少到过,故不为人所知。苏公塔,塔也,但不是平常的塔。苏公塔是伊斯兰教的塔,不是佛塔。

据说,像苏公塔这样的结构的塔,中国共有两座,另一座在南京。

塔不分层。看不到石基木料。塔心是一砖砌的中心支柱。支柱周围有盘道,逐级盘旋而上,直至塔顶。外壳是一个巨大的圆柱,下丰上锐,拱顶。这个大圆柱是砖砌的,用结实的方砖砌出凹凸不同的中亚风格的几何图案,没有任何增饰。砖是青砖,外面涂了一层黄土,呈浅土黄色。这种黄土,本地所产,取之不尽。土质细腻,无杂质,富黏性。吐鲁番不下雨,塔上涂刷的土浆没有被冲刷的痕迹。二百余年,完好如新。

塔高约相当于十层楼,朴素而不简陋,精巧而不繁琐。这样一个浅土黄色的,滚圆的巨柱,拔地而起,直向天空,安静肃穆,准确地表达了穆斯林的虔诚和信念。

塔旁为一礼拜寺,颇宏伟,大厅可容千人,但外表极朴素,土筑、平顶。这座礼拜寺的构思是费过斟酌的。不敢高,不与塔争势;不欲过卑,因为这是做礼拜的场所。整个建筑全由平行线和垂直线构成,无弧线,无波纹起伏,亦呈浅土黄色。

圆柱形的苏公塔和方正的礼拜寺造成极为鲜明的对比,而又非常协调。苏公塔追求的是单纯。

令人钦佩的是造塔的匠师把蓝天也设计了进去。单纯的,对比着而又协调着的浅土黄色的建筑,后面是吐鲁番盆地特有的明净无滓湛蓝湛蓝的天宇,真是太美了。没有蓝天,衬不出这种浅土黄色是多么美。一个有头脑的,聪明的匠师!

苏公塔亦称额敏塔。造塔的由来有两种说法。塔的进口处有一块碑,一半是汉字,一半是维文。汉字的说塔是额敏造的。额敏和硕,因助清高宗平定准噶尔有功,受封为郡王。碑文有感念清朝皇帝的意思,碑首冠以"大清乾隆",自称"皇帝旧仆"。维文的则说这是额敏的长子苏来满造,为了向安拉祈福。不知道为什么会有这样两种不同的说法。由来不同,塔名亦异。

大戈壁·火焰山·葡萄沟

从乌鲁木齐到吐鲁番,要经过一片很大的戈壁滩。这是典型的大戈壁,寸草不生。没有任何生物。我经过别处的戈壁,总还有点芨芨草、梭梭、红柳,偶尔有一两棵曼陀罗开着白花,有几只像黑漆涂出来的乌鸦。这里什么都没有。没有飞鸟的影子,没有虫声,连苔藓的痕迹都没有。就是一片大平地,平极了。地面都是砾石。都差不多大,好像是筛选过的。有黑的、有白的。铺得很均匀。远看像铺了一地炉灰渣子。一望无际。真是荒凉。太古洪荒。真像是到了一个什么别的星球上。

我们的汽车以每小时八十公里的速度在平坦的柏油路上奔驰,我觉得汽车像一只快艇飞驶在海上。

戈壁上时常见到幻影。远看一片湖泊,清清楚楚。走近了,什么也没有。幻影曾经欺骗了很多干渴的旅人。幻影不难碰到,我们一路见到多次。

人怎么能通过这样的地方呢?他们为什么要通过这样的地方?他们要去干什么?

不能不想起张骞,想起班超,想起玄奘法师。这都是了不起的人……

快到吐鲁番了,已经看到坎儿井。坎儿井像一溜一溜巨大的蚁垤。下面,是暗渠,流着从天山引下来的雪水。这些大蚁垤是挖渠掏出的砾石堆。现在有了水泥管道,有些坎儿井已经废弃了,有些还在用着。总有一天,它们都会成为古迹的。但是不管到什么时候,看到这些巨大的蚁垤,想到人能够从这样的大戈壁下面,把水引了过来,还是会起历史的庄严感和悲壮感的。

到了吐鲁番,看到房屋、市街、树木,加上天气特殊的干热,人昏昏的,有点像做梦。有点不相信我们是从那样荒凉的戈壁滩上走过来的。

吐鲁番是一个著名的绿洲。绿洲是什么意思呢?我从小就在诗歌里知道绿洲,以为只是有水草树木的地方。而且既名为洲,想必很小。不对。绿洲很大。绿洲是人所居住的地方。绿洲意味着人的生活,人的勤劳,人的生老病死,喜怒哀乐,人的文明。

一出吐鲁番,南面便是火焰山。

又是戈壁。下面是苍茫的戈壁,前面是通红的火焰山。靠近火焰山时,发现戈壁上长了一丛丛翠绿翠绿的梭梭。这样一个无雨的、酷热的戈壁上怎么会长出梭梭来呢?而且是那样的绿!不知它是本来就是这样绿,还是通红的山把它衬得更绿了。大概在干旱的戈壁上,凡能发绿的植物,都罄其全生命,拼命地绿。这一丛一丛的翠绿,是一声一声胜利的呼喊。

火焰山,前人记载,都说它颜色赤红如火。不止此也。整个山像一场正在延烧的大火。凡火之颜色、形态无不具。有些地方如火方炽,火苗高蹿,颜色正红。有些地方已经烧成白热,火头旋拧如波涛。有一处火头得了风,火借风势,呼啸而起,横扯成了一条很长的火带,颜色微黄。有几处,下面的小火为上面的大火所逼,带着烟沫气流,倒溢而出。有几个小山叉,褶缝间黑黑的,分明是残火将熄的烟炱……

火焰山真是一个奇观。

火焰山大概是风造成的,山的石质本是红的,表面风化,成为细细的红沙。风于是在这些疏松的沙土上雕镂搜剔,刻出了一场热热烘烘、刮刮杂杂的大火。风是个大手笔。火焰山下极热,盛夏地表温度至七十多度。

火焰山下,大戈壁上,有一条山沟,长十余里,沟中有一条从天山流下来的河,河两岸,除了石榴、无花果、棉花、一般的庄稼,种的都是葡萄,是为葡萄沟。

葡萄沟里到处是晾葡萄干的荫房。——葡萄干是晾出来的,不是晒出来的。四方的土房子,四面都用土墼砌出透空的花墙。无核白葡萄就一长串一长串地挂在里面,尽吐鲁番特有的干燥的热风,把它吹上四十天,就成了葡萄干,运到北京、上海、外国。

吐鲁番的葡萄全国第一,各样品种无不极甜,而且皮很薄,入口即化。吐鲁番人吃葡萄都不吐皮,因为无皮可吐。——不但不吐皮,连核也一同吃下,他们认为葡萄核是好东西。北京绕口令曰:"吃葡萄不吐葡萄皮儿",未免少见多怪。

> 1982年9月22日起手写于兰州,
> 　　　10月7日北京写讫。

采山的人们

◎迟子建

　　山在我眼中就是一个大的果品店,你想啊,春天的时候,你最早能从那吃到碧蓝甘甜的羊奶子果,接着,香气蓬勃的草莓就羞红着脸在林间草地上等着你摘取了。草莓刚落,阴沟里匍匐着的水葡萄的甜香气就飘了出来,你当然要奔着这股气息去了。等这股气息随风而逝,你也不必惆怅,因为都柿、山丁子和稠李子络绎不绝地登场了,你就尽情享受野果的美味吧。

　　除了野果,山中还有各色菜蔬可供食用,比如品种繁多的野菜呀,木耳和蘑菇呀,让人觉得山不仅是个大的果品店,还是一个蔬菜铺子。但只要你稍稍再想一想,就知道它不单单是果品店和蔬菜铺子了,你若在山中套了兔子,打了野鸡和飞龙,晚餐桌上有了红烧野兔和一道鲜亮的飞龙汤,山可不就是个肉食店吗!

　　如果这样推理下去的话,也可以把山说成一个饮品店,桦树汁和淙淙的泉水可以立刻为你驱除暑热,带来清凉;而且野刺玫和金莲花的花瓣又可以当茶来饮用。不过,在那些勤劳、朴素的人心目中,山也许只是一个杂货铺子,桌子的腿折了,可以进出找一根木头回来,用工具把它修理成桌腿的形状;秋季腌酸菜时找不到压酸菜的石头了,就可以去山中的河流旁扛回一块。而山在那些采药材的人心目中又会是什么样子呢？定是个中药铺子无疑！

山真的是无奇不有，无所不能。我们那些居住在山里的人家，自然就过着靠山吃山的日子。没有采过山的人几乎是不存在的。而由于我自幼就是个饕餮之徒，所以我进山采的都是与吃有关的东西。

野果中，最令人陶醉的就是草莓了。它的甜香气像动人的音乐一样，能传播到很远很远的地方。有时候闻着它，比吃它还要美妙，所以常常是采了草莓果归来，会用线绳绑上一绺，吊到窗棂上，让它散播香气。只一天的工夫，满屋子就都是它的气息了。

我记忆最深的野果，是都柿，它可以当酒来吃。都柿是一种最常见的浆果，它们喜欢生长在林间的矮树丛中，而且向阳山坡上的比背阴山坡上的要广泛。都柿秧都是矮株的，一尺那算是高的了，通常的只有筷子那般高，它们春天开粉色或者白色的小花，花谢便坐果，果实先是青的，像一颗颗的绿豆。随着阳光照临次数的增多和暖风持续的吹拂，都柿渐渐地长成云豆那么大，并且改变了颜色，穿上了一身蓝紫色的衣衫，看上去气质不俗。这果实一进夏天就可吃，不过有点酸，到了晚夏时节，它就分外甘甜了。它的浆汁可以染蓝你的嘴唇。而且，它是浆果中唯一能把人醉倒的，你吃上一捧、两捧甚至是一碗也许还心明眼亮的，但如果你一连气吃了两三海碗的话，你就眯着眼打盹，等着见周公去吧。有一回我和几个小伙伴去山中采都柿，我挎了一只韦得罗，我们很幸运地找到了一片都柿甸子，都柿稠密不说，品质也上乘，又大又甜，我一边往韦得罗里采，一边往自己的口中采，等韦得罗满了的时候，我

已吃花了眼。但见那片都柿还有许多未被摘取的沉甸甸地压在枝头,它们一个个眼儿妩媚地多情地望着我,似乎在等待亲吻。没有器皿再盛它们了,干脆就把自己的肚子当韦得罗算了,我坐在都柿甸中,美美地吃了起来,直吃得舌头麻木了,目光发飘了,小伙伴吆喝我该出山回家了,这才罢休。由于吃醉了,我步态飘摇,挎着的韦得罗就像只魔术盒子一样,在我眼前一会儿发出蓝色的幽光,一会儿又发出玫瑰色的柔光,再一会儿呢,发出的是银白色的冷光。我像傻瓜一样嘻嘻乐着,被都柿的魔法给彻底击中了。我还记得好不容易上了公路,太阳已经西沉了,我觉得自己是踩着一条金光大道回家,很得意。在路口迎候着我的家人,远远看见了我蛇行的步态,知道我是吃醉了,而我迷离恍惚的样子遭到了同伴的耻笑。

  采山也不总是浪漫的。比如有人采都柿时招上了草爬子,就很倒霉。草爬子专往人的软组织里叮,而且有一些是有毒的,能置人于死地。你采山归来,若是觉得腋窝和腿窝发痒,就绝对不能掉以轻心了,要赶紧脱光了衣服仔细检查,否则它会钻进你的皮肉中去。我就见邻居的一位大娘让草爬子给叮在了腋窝的地方,她抬着胳膊,她的家人擎着油灯照着亮儿,用烟头烧那只已把触角探进皮肉中去的草爬子。我发现一些坏东西很怕火,比如狼,比如草爬子,怪不得传说中做坏事的人死后要下地狱,原来地狱中也是有火的啊。

  当然,被草爬子和蛇袭击的毕竟是少数,而且你可以在上山前采取预防措施,如将裤腿和袖管系牢,让它们无孔而入,所以不必在采山时过分提心吊胆。当然,也有人在采山时出了大事故的。比如一个姓周的年轻男人,他采木耳时遇见了熊,尽管他聪明地躺下来装死,爱吃活物的熊丧失了吃他的欲望，但它还是在离开前拍了他的脸一下，大约是与他做遗憾的告别吧。熊掌可非人掌，这一巴掌拍下去，姓周的半边脸就没了，他丢了魂魄不说，还丢了半边脸和姓名，从此大家都叫他周大疤瘌，因为他痊愈后凹陷的那半边脸满是疤痕。

还有一个采山人是不能不说的，她姓什么，我们并不知道，她丈夫姓王，大家就叫她老王婆子。她个子矮矮的，扁平脸，小眼睛，大嘴，罗圈腿，走路一拐一拐的，屁股大如磨盘，你若是走在她背后，等于看一头跛足的驴拖着磨盘在行走。老王婆子平素不爱与人往来，不是待在她家的屋子里，就是劳作在菜园。她是个山里通，知道什么节气长什么，更知道山货都生长在什么地方。她采山，永远都是单枪匹马的。她采木耳最拿手，只要是阴雨连绵了两三天，一晴了天，她就进山了。谁也不知她去哪里了，可她晚上总是满载而归，颤颤巍巍的肥厚的黑木耳能晒满房盖，让过路者垂涎欲滴、羡慕不已。不过你要是打探她在哪儿采回来的，她总是很冷淡地说"山里"，她说得也没错，但其实等于白说。曾经有人悄悄在她采山时尾随到她身后，可她进山后总是能巧妙地把他们给摆脱了，那些宝贝山货的栖息之地成了永远的谜。为了这，她在我们那个小镇的名声和人缘都不好。老王婆子的命运最后也是悲惨的，她未到老年就得了半身不遂，瘫倒在炕上，再也无法采山去了。很多人解气地说，这是报应，让最能采山的自私的人进不了山，她等于是看着金山，却无法把它揽在怀里，那种凄凉和痛苦可想而知了。

关于采山人的故事还有很多，比如各自都有家室的男女互相看上了，在小镇里没机会成就好事，就借着采山的由头，去绿树清风中偷情，被人给撞见；再比如一个受婆婆欺负的小

山

媳妇不敢在家中发泄不满,上山后择一个无人的地方,就是一通哀哀的哭,让听到的人以为鬼在号;再比如采山人迷了山,两天两夜下不来山,他的家人就组织亲戚举着火把上山寻找,而迷山的人呢,他却迷在离村落不足一里的地方,如同被灌了迷魂汤,就是分不清东南西北了,成为大家的笑料。那些老一辈的采山人,大都已经故去了。他们被埋在他们采山经过的地方,守着山,就像守着他们的家一样。

峨眉山上的景物

◎许钦文

许多人都以为峨眉山有着神仙；神仙实在并没有，关于神仙的故事是有的，就是峨眉山上的和尚到印度去朝活佛；印度的和尚到峨眉山上来访神仙；两个和尚在打箭炉碰见了，相互打听，知道印度并没有活佛，峨眉山上也并没有神仙，于是都回转了。

在峨眉山上，和尚和一般人都认为最可注意的是"佛灯"和"佛光"。说是要行善人诚心去进香，才容易看到这两种景物，否则即使接连去看，等候许多日子，也是见不到的。

传说中的佛灯，是许许多多个灯火，黄昏时候由山下显现，渐渐地升上空中，同时一点一点地移向金顶。因为金顶供着普贤，所以叫作"万盏明灯朝普贤"。

普贤同峨眉山究竟有什么关系，为什么这样去朝它？灯的本身不会动，由什么拿去朝？传说中都没有明白提及。迷信的传说，只能够使迷信家以为不错就行了。但许多不迷信这种传说的人，都以为峨眉山上有着一种奇异的虫，一到晚上会得发光；有的以为有一种发光的矿物；有的以为有一种能发光的树叶，其实无非是星星的倒影罢了。

由望远镜看见了，可知那些光，原有两种。其中一种的数目不多，比较短点、红点，也静点；另外有一种绿莹莹长长的不绝摇宕着。前一种是人家屋里的灯光,和街上的路灯等等;后一种是峨眉县城附近和青龙场一带的水田和河流所映成的星星的倒影。如果水很深,倒影很长,所谓水蛇,那就不像灯火了。水田和那些河流的水都不深,所以倒影像灯火,只是淡点,水被风吹了以后要波动,所以摇宕。

那些光,不规则地罗列着,其中几个明亮点,有的呈三角形,有的呈四方形,始终不变,可见只是摇宕,并不移动地位。一般人认为移动,那是不曾仔细观察,只凭一时的目力的缘故。人由灯光下转到黑暗中,瞳孔要变,初看同再看的情形不同。金顶很高,空气的密度同平地里的相差太大,从平地到金顶,其间隔着许多层密度不同的空气,其中一层的空气流动以后,折光一变,现象也就要变动,因为风吹水面波动,摇宕是实在的情形。有了这几种原因,又因和尚总在有意无意地暗示,说是动了,移向金顶了,因此许多人都以为那些光是会得移动的,于是推想到飞虫和树叶上面去。

显现那些光的区域,是很尖长的秋海棠的形状。在那形状的范围以内,全是水田、房屋和河流,没有一座山,原是峨眉县城附近一带的地方。可见绝不是由于矿物。峨眉县城附近一带,除了多种白蜡树外,同别的地方一样;白蜡树固然并没有发光的作用,而且成行种着,同那些光罗列的情形不像。所谓万盏明灯,原是星星的倒影,可无疑问。虽然水田河流各处都有,高山也不止峨眉山一座;但峨眉的山形很特别,就是来得陡。舍身岩一带从金顶直下,简直是壁立的。在金顶俯视峨眉县附近一带,仿佛在塔尖下望,这一点很特别,也很有关系。而且从峨眉县城上金顶,走的路虽长,直线并不远,所以望得见。

虽然并非怎样神秘的佛灯,也不是什么奇怪的动植物,几千个光隐约浮现着,委实是个奇观。有暇去鉴赏,一定要选定没有月光的时期,而且要在峨眉县城附近一带是晴天;如果要多看点,还得在春间田中有水的时期。

看佛灯叫作"睹灯",看佛光叫作"睹光"。睹光在下午两三点钟或五六点钟;上午七八点钟也可以看到,不过很少。所谓佛光,就是一个五彩的大环,中间有着人形,是会动的,其实是虹。常年看见虹,是在虹的旁边观望,只能看到半个环形;在金顶,虹在下面,看见的是整个环形。中间会动的是去看的人自己的影子,所以去看的人,擎一擎手,那人形也擎一擎手;去看的人点一点头,那人形也就点一点头了。

佛光比佛灯容易看到,这里因为峨眉山的金顶上,简直没有一小时以上的时间可以脱尽云雾,刚见着太阳,忽然云到天暗,马上起雨来,是常事。而且云雾常在金顶的下面,金顶的上面天气很晴,下面都满布着云雾,叫作"云海"。在太阳光的斜度可以因为折光的关系发生虹的时候,云海里就显现佛光了。

在峨眉山上,时常可以看到警告谨防老虎的牌告;到了半山以上,更多老虎的塑像,又有许多人被老虎拖去的故事。可是故事里面,总只说忽然少了个人,并非有人怎样亲看过老虎的影迹。

在这山上,四肢都落地的动物,我看到最多的是猴子。大大小小,二十来只,结着队在路旁的树上玩耍,小的不过半尺长,攀着树枝翻筋斗。一尺多长的中猴子,在旁边帮助,很是可爱的样子。大猴子很肥,见了我们行人,就吱吱地叫着关照小猴子,同时走到路上来向我们要食物,我们给了点干牛肉,嗅了一阵丢开了,伸"手"又来向我们要食物。我们指了指那已丢开的干牛肉,于是拾了起来重行嗅了一阵,仍然丢开了。

　　据说这些猴子有时结着队到寺院的门前去,故意吱吱地叫个不停。如果有人拿着玉蜀黍叫几声"三儿"就会跑将过去的。寺院里一到朔望,照例要磨豆腐,猴子会得按时去要豆腐渣吃。如果有人损害了一只猴子,就有大群的猴子出来报仇,乱掷石子,并且撕破衣服。还要到寺院里去闹,因为山上没有旅舍,去游的人总是寄寓在寺院里的。

　　由观峨场上峨眉山去,在山脚第一个是报国寺,其次是伏虎寺。这两个寺都很大,伏虎寺的风景很好,山门面前,古树丛中响着溪流,有如天台山的国清寺,只是没有那样高大的塔。关于伏虎寺,传说不一,有的说是从前开山祖师进去,过不得溪,由一只老虎背过渡,为纪念那只老虎,所以造起寺来。另外有着虎溪,是个旁证。有的说是从前那里多老虎,常常害人,造这个寺,目的在于制伏老虎,"伏"字是动词。又有人说"伏"是转成了形容词的,因为那近旁有着一座山,形状像是一只伏着的老虎。

　　清音阁正当两溪汇合的地方,站在那面前的双飞桥上,可以饱听流水的声音。后面是黑龙江,与山缝间的岩壁上接连架着木板,下面流着急水,木板上满生着苔。上面只能够望见一条细长的天空,所以又叫作一线天。前面过去不远就是龙门。在那附近有着一所小小的洋房,听说曾经住过一位做了母亲的少女,如今下山去了,做着"交际之花"。

　　洪椿坪和九老洞的寺院都是大而考究,柱子油漆得红红的,备着沙发等器具。峨眉山上的寺院虽然很多,这两个寺的中间相隔三十里却无一个寺院,也没别的可以休息的地方。

其间有着九十九道拐和扁担岩。九十九道拐是弯弯曲曲的九十九条石级,走上去很吃力。游人不能够用轿子,也就是因为这种地方。扁担岩一带很阴,三四月里还是积雪不消的。但如走华严寺那条路上金顶,就不用经过这些地方了。

从清音阁去洪椿坪,可以走黑龙江,也可以走牛心寺,如愿多游点地方,就可去大坪寺。上去十五里的路叫作猴子坡,下来十五里的路是蛇倒退。连蛇上去也要倒退下来,可见这条路的陡了。猴子坡的形容有两说:一说有人在那里行走,望去好像是猴子在爬岩壁。另一说,因为陡,只好像猴子那样爬上去。这两条路都很狭,两旁都是深岩,所难的,是石级多已破坏得活动,一滑脚掉下去,性命保可以送脱。猴子坡多弯曲,风景更来得好。

九老洞正当峨眉山的半腰,前望大坪,从猴子坡要走十五里才到的高峰,看去无非是海底里的一条礁石的样子。左望华严寺和遇仙寺,宛如一幅幽美的中国画。遇仙寺在一个小小的峰尖上,有大的山做着背景,更觉玲珑秀丽。右面仙皇台上,可以下望峨眉县城附近一带的平地。在九老寺的附近,有着许多桫椤树和槲桐树,又有岩瓢,桫椤树的形状有点像桂花树,叶子也差不多,不过大一些。花开得很多,一球一球地满布在树上,每球好像都是由五朵牵牛花合成的。槲桐的干子细长,有点像马柳树。叶如桑,花开在叶上,分别不清,是史前植物的一种。果如荔枝,所以土名叫作土荔枝。岩瓢寄生于一棵枯了的大树上面,由叶柄直接寄附着,绿莹莹的好像是一只一只的调羹,所以称作岩瓢。这里的动物,在猴子之外有岩燕,许许多多在九老洞的口子上乱飞。还有青蛙的叫声,山间的回音助长声势,常使人以为有猴子叫着来了。

上洗象池得先走钻天坡，五里路长，实在来得陡。到金顶还得经过阎王坡和天门石。阎王坡很难走。天门石是两个大石炮，行人在这两个石炮的缝里经过，因为在将到金顶的地方，所以加了"天门"的形容词。

走华严寺的一条路要经过点心坡，就是走的时候，脚膝髁头要点着心，也是陡的形容。点心坡的下面是观心顶，上面是息心所。

寺院多，泥塑木雕的偶像也就多，有的多头多手，有的袒胸露臂。在纯阳殿里卧着的吕纯阳塑像旁，堆满着绣花枕头，好像着实可以安枕高卧的样子。在万年寺的砖殿里铜佛铜像以外，有着一位卧着的女菩萨，上面盖着被，揭起被来看，只系着一条短短的红裤子。

万年寺的砖殿里又有叫作佛牙的，其实是个猴子脊骨的化石。

距大峨寺不远的地方有着新开寺，筑起了许多住室，是西人避暑的场所。曾经同时死过许多香客的三霄洞，在接引殿和九老洞之间；因为洞被政府封禁，路也已经荒废，去不得了。猪肝洞在大峨山和小峨山之间的小山上，要从青龙场去才可以游。因为洞里有一块悬挂着的岩石像猪肝，所以有这个名称。

从雷洞坪到金顶一带的舍身岩，委实是极陡峻的地方。在别处跳楼堕塔，是无论如何不会有这样高的。而且在有云海的时候，看去仿佛棉花团，可以觉得很安适。只是上去远得很，路又难走，怕是一般消极的人所不愿意干的。

因为高了，气温太低，虽在夏天也得烧火盆取暖的金顶，生物很少。植物除寒杉和竹，只可以看到苔类。寒杉的树叶一盘一盘的长得很密，显得生长很慢。枝叶都向下垂，这是常常被雪压着的记号。竹长得不过一尺多高，形状却依然是大竹竿的样子。接连长成一大片，远望好像是草地。因为时刻在云雾中，湿度太高，各处都生着苔类，连寒杉的顶梢上也都有。动物更少，大和尚和小和尚以外，只有佛现鸟的叫声时常可以听到。佛现鸟，因为叫的声音好像是说"佛现了"，所以这样称呼；其实，要不迷信佛，就会觉得叫声并不像的。这种鸟的形状类似画眉。因为高了，空气的密度低，连饭都煮不热了的金顶，生物委实不容易生存。

同金顶并列着的千佛顶和万佛顶，虽然都有不少的小菩萨，可是同"千"和"万"的数目差得多；这千万的两个字，无非多数的形容罢了。

在金顶，固然可以直望峨眉县城和青龙场一带的地方，还可以隐约望见嘉定的大佛。近处的下面，九老洞所在的峰尖也变得好像原是条海底的礁石，正如在九老洞所见的大坪了。但一向后面眺望过去，瓦山固然比金顶要高，终年银白的雪山虽然很远，也可以见得更大更高。雪山就是昆仑山，真是所谓"峨眉万丈高，昆仑一条腰"了。

高高的天子山

◎碧野

从索溪峪登天子山,山崖陡立,林木森森,小径曲折,磴道盘旋。虽然山高风冷,但人们爬山,仍然汗湿衣衫。在喘息中歇脚,可以听见四山鸟雀的啁啾,可以采摘崖边的野花闻香,还可以掬崖壁上漫流的清泉解渴。

爬山辛苦,但也充满了野趣。那背衬蓝天、凌空开启的是"天门"。远望,"天门"像一面镌刻得很精巧的镜子,镜框是高耸的岩头,镜面是蓝天白云。登"天门",山径像九曲回肠,磴道像万级天梯。但人们望见"天门",总想一鼓作气攀登上去。

上到"天门",天风吹拂,周身凉爽,汗气全消。这"天门",是山崖久经风雨剥蚀,亿万年来只剩下一座中空的巨岩,两柱对立,一梁横架,形成了一个"门"字。

坐在"天门"上歇息,回头俯览,群山蛰伏。那索溪峪的骆驼峰,像骆驼来自万里漠北,风尘仆仆;那十里画廊的峰林,像出现眼底的万缕烟云,在轻轻浮动。

幻觉会使人精神升华,会使人心灵默化。停留在"天门",遥看千里山川,仰望万里云天,视野无边开阔,心胸无限开朗。好像自己不是跋涉在天地间,而是翱翔于太空中。

竭尽脚力爬上了高高的天子山,这才发现天子山是造山运动中的一个奇迹。原来天子山不是一座高峰,而是平顶的,方圆百里,像一片平原。

这座湘西平顶的大山,被誉为天子山,是很贴切的。古帝王戴的平天冠是平顶的,天子山的前后山上的明崖、瀑布、绿树、山花、野果,不就是平天冠的珠串流苏吗?

站立天子山环望,四周的武陵山尽入眼帘。那苍茫的远山像天边的海涛,奔腾跳荡;那突起于群山之上的翠绿的峰林,像钢锥直刺青天。高山深谷,天地无边,这大自然的浑雄气派,何等壮观!

更奇特的是,在天子山高台的中心,地层突然下陷,形成几十里的山谷。这巨大的山谷名为"西海"。"西海"云雾迷茫,沿岸峭壁耸峙,深不见底,内有千百峰林在云雾中突起,看不到山根,只见古松倒挂峰林,气象万千。

这生长在峰林崖头上的古松,树干倒挂,枝柯横斜。云雾的湿润使它们能够生长在岩缝石隙间,树身虽小,但根部发达。松树皮赤鳞龟裂,而针叶青青。这许多赤松,每一棵都生长在峰林之巅,经受了百载千年的风霜。它们在石缝中盘根,在缺水的恶劣环境里生长,它们的生命力多么顽强!

如果是遇到白天下雨,雨后天晴,在东升的旭日或西斜的夕阳下,你眼前就会展现一幅绚丽的图画:周围山岚清新鲜绿,一条彩虹横贯长空。这时,在千柱峰林的谷底水汽蒸腾,徐徐升起一缕缕乳白色的云纱,然后在峰林之间聚成白云,冉冉地飞向高空。

云纱从谷底升起,缭绕千峰,形成一个个像白浪滔滔中的岛屿。峰林顶巅浮出云间,山谷多深,无路可寻,千秋万载,谁也不敢下去。

有一条小路通过半岛似的山崖陡壁,伸入深谷之上。这

是带着神秘色彩的"神堂湾"。神堂湾的峭岩上,生长古松,下临万丈深渊,云雾茫茫,深不可测。不知道是容谷传音,还是出于错觉,只听见下面好像有狂风的呼啸声,恶浪的奔腾声,猛兽的咆哮声。天造地设,深渊之上架着一块巨岩,坐在岩头俯视谷底烟云,听万籁齐鸣,也是一种大自然的乐趣。

上得天子山来,从东头走到西头,绕行"西海"一角,二三十里。小路在巉岩乱石间弯弯曲曲延伸,时而山崖迎面陡立,时而脚底泉水漫浸。山路难行,汗流浃背,气喘吁吁。不久,这里将开辟通汽车的公路,而且将在汽车不能通行的地方,开辟马车道。到了那个时候,为了悠然观山景,汽车慢行,蹄声嘚嘚,人声欢笑。

天子山属于湘西土家族、苗族自治州所管辖。当马儿响着铃铛在山路上小跑的时候,驾驭它的是身穿土家族或苗族盛装的小伙子或姑娘。姑娘们彩丝缕织的衣服在闪光,环珮随着马铃在叮当,这该是多么动人的情景呵。

现在,人们徒步行走在"西海"边,别有一番情趣。虽然旅游者来自祖国各地,甚至有的来自异国,服色不同,语言各异,但这美丽的山川使人精神升华,爱美之心使人们的感情密切地联系在一起。

不论在山坳,在崖角,或是遥遥相见,或是发现奇观异景,大家彼此呼唤,远传近接,声震山林。无形中,这成了旅游者传递信息的方法。

更有趣的是,在山行中,可以发现面前的树枝上挂着一条花手绢。花手绢在风中飘动,招人认领。不知道这是哪一个粗心的小伙子或姑娘遗失的。花手绢有色有香,逗人喜爱。它被半开玩笑地挂在树枝上,但却体现出物轻意重的人心美。

旅游培养人的品德。山行暑热,汗湿衣衫。沿途出现阴凉的大山洞,是人们歇脚的好地方。这一队旅游者看见另一队旅游者的到来,立即空出最阴凉的一角,让后来的人乘凉。

谁饥饿了吗?我的挎包里有干粮。谁口渴了吗?我的水壶里有泉水。旅游者虽只有一面之交,但却好像是多年的老朋友,彼此不分,情同手足,甘甜与共,欢乐与同。

过神堂湾继续沿着"西海"往西走,林木青翠,山路在绿荫中弯弯曲曲出没。

清晨,人们从天子山东头接待站踩着露珠上路,太阳偏西才到达天子山西头的接待站。

天子山西头的接待站,位于天子山峡谷之上,峰林矗立。远处,传来隆隆的炮声,那是修路工人在修筑上山公路。不久,汽车就可以从天子山背后盘旋上山了。

这接待站是天子山的风景点,周围种植着大面积的果园。木瓜的香甜,桃子的清甜,李子的脆甜,山林果园的溢香流芳,使刚刚进入接待站的旅游者心旷神怡。

接待站的年轻姑娘们都是高中毕业生。她们刚刚参加工作不久,既活泼又热情。她们提来泉水让游客抹汗。泉水照得见人影,洁净而清凉。当旅游的客人们坐在长廊上迎着山风休息的时候,姑娘们端来一杯杯醇香的云雾茶,让客人们解渴。最后,她们用托盘给游客们送来了桃子和李子。桃李用泉水洗得干干净净,在托盘里闪着水珠光,诱人品尝。大家争先尝了尝天子山出产的甜桃脆李,觉得满口清香,个个竖起大拇指,笑着向姑娘们道谢。

入夜,山林寂寂,圆月东升。月光如水,山林深处偶尔传来鸟雀的夜鸣。就在这神秘而美妙的夜晚,天子山上飘起了

嘹亮的歌声。这是姑娘们在为旅游者们表演土家族、苗族、壮族和白族的民间舞蹈和演唱民歌。

姑娘们的舞姿优美,歌喉婉转,带着湘西少数民族的风韵和浓郁的感情。

夜歌,给人留下了深刻的印象。深夜归寝,梦魂仍迷恋在轻盈的舞步和甜蜜的歌声中。

庐山游记(节选)

◎丰子恺

"咫尺愁风雨,匡庐不可登。只疑云雾里,犹有六朝僧。"(钱起)这位唐朝诗人教我们"不可登",我们没有听他的话,竟在两小时内乘汽车登上了匡庐。这两小时内气候由盛夏迅速进入了深秋。上汽车的时候九十五度,在汽车中先藏扇子,后添衣服,下汽车的时候不过七十几度了。赴第三招待所的汽车驶过正街闹市的时候,庐山给我的最初印象竟是桃源仙境:土地平旷,屋舍俨然;有茶馆、酒楼、百货之属;黄发垂髫,并怡然自乐。不过他们看见了我们没有"乃大惊",因为上山避暑休养的人很多,招待所满坑满谷,好容易留两个房间给我们住。庐山避暑胜地,果然名不虚传。这一天天气晴朗。凭窗远眺,但见近处古木参天,绿荫蔽日;远处岗峦起伏,白云出没。有时一带树林忽然不见,变成了一片云海;有时一片白云忽然消散,变成了许多楼台。正在凝望之间,一朵白云冉冉而来,钻进了我们的房间里。倘是幽人雅士,一定大开窗户,欢迎它进来共住;但我犹未免为俗人,连忙关窗谢客。我想,庐山真面目的不容易窥见,就为了这些白云在那里作怪。

庐山的名胜古迹很多,据说共有两百多处。但我们十天内游踪所到的地方,主要的就是小天池、花径、天桥、仙人洞、含鄱口、黄龙潭、乌龙潭等处而已,夏禹治水的时候曾经登大

山

汉阳峰,周朝的匡俗曾经在这里隐居,晋朝的慧远法师曾经在东林寺门口种松树,王羲之曾经在归宗寺洗墨,陶渊明曾经在温泉附近的栗里村住家,李白曾经在五老峰下读书,白居易曾经在花径咏桃花,朱熹曾经在白鹿洞讲学,王阳明曾经在舍身岩散步,朱元璋和陈友谅曾经在天桥作战……古迹不可胜计。然而凭吊也颇伤脑筋,况且我又不是诗人,这些古迹不能激发我的灵感,跑去访寻也是枉然,所以除了乘便之外,大都没有专程拜访。有时我的太太跟着孩子们去寻幽探险了,我独自高卧在海拔一千五百公尺的山楼上看看庐山风景照片和导游之类的书,山光照槛,云树满窗,尘嚣绝迹,凉生枕簟,倒是真正的避暑。我看到天桥的照片,游兴发动起来,有一天就跟着孩子们去寻访。爬上断崖去的时候,一位挂着南京大学徽章的教授告诉我:"上面路很难走,老先生不必去吧。天桥的那条石头大概已经跌落,就只是这么一个断崖。"我抬头一看,果然和照片中所见不同:照片上是两个断崖相对,右面的断崖上伸出一根大石条来,伸向左面的断崖,但是没有达到,相距数尺,仿佛一脚可以跨过似的。然而实景中并没有石条,只是相距若干丈的两个断崖,我们所登的便是左面的断崖。我想:这地方叫作天桥,大概那根石条就是桥,如今桥已经跌落了。我们在断崖上坐看云起,卧听鸟鸣,又拍了几张照片,逍遥地步行回寓。晚餐的时候,我向管理局的同志探问这条桥何时跌落,他回答我说,本来没有桥,那照片是从某角度望去所见的光景。啊,我恍然大悟了:那位南京大学教授和我谈话的地方,即离开左面的断崖数十丈的地方,我的确看到有一根不很大的石条伸出在空中,照相镜头放在石条附近适当的地方,透视法就把石条和断崖之间的距离取消,拍下来的就是我所欣赏的照片。我略感不快,仿佛上了资本主义社会的商业广告的当。然而就照相术而论,我不能说它虚伪,只是"太"巧妙了些。天桥这个名字也古怪,没有桥为什么叫天桥。

含鄱口左望扬子江,右瞰鄱阳湖,天下壮观,不可不看。有一天我们果然爬上了最高峰的亭子里。然而白云作怪,密密层层地遮盖了江和湖,不肯给我们看。我们在亭子里吃茶,等候了好久,白云始终不散,望下去白茫茫的,一无所见。这时候有一个人手里拿一把芭蕉扇,走进亭子来。他听见我们五个人讲土白,就和我招呼,说是同乡。原来他是湖州人,我们石门湾靠近湖州边界,语音相似。我们就用土白同他谈起天来。土白实在痛快,个个字入木三分,极细致的思想感情也充分表达得出。这位湖州客也实在不俗,句句话都动听。他说他住在上海,到汉口去望儿子,归途在九江上岸,乘便一游庐山。我问他为什么带芭蕉扇,他回答说,这东西妙用无穷:热的时候扇风,太阳大的时候遮阴,下雨的时候代伞,休息的时候当坐垫,这好比济公活佛的芭蕉扇。因此后来我们谈起他的时候就称他为济公活佛。互相叙述游览经过的时候,他说他昨天上午才上山,知道正街上的馆子规定时间卖饭票,他就在十一点钟先买了饭票,然后买一瓶酒,跑到小天池,在革命烈士墓前奠了酒,游览了一番,然后拿了酒瓶回到馆子里来吃午饭,这顿午饭吃得真开心。这番话我也听得真开心。白云只管把扬子江和鄱阳湖封锁,死不肯给我们看。时候不早,汽车在山下等候,我们只得别了济公活佛回招待所去。此后济公活佛就变成了我们的谈话资料。姓名地址都没有问,再见的希望绝少,我们已经把他当作小说里的人物看待了。谁知天地之间事有凑巧:几天之后我们下山,在九江的浔庐餐厅

庐山游记(节选)

吃饭的时候,济公活佛忽然又拿着芭蕉扇出现了。原来他也在九江候船返沪。我们又互相叙述别后游览经过。此公单枪匹马,深入不毛,所到的地方比我们多。我只记得他说有一次独自走到一个古塔的顶上,那里面跳出一只黄鼠狼来,他打湖州白说:"渠被吾吓了一吓,吾也被渠吓了一吓!"我觉得这简直是诗,不过没有叶韵。宋杨万里诗云:"意行偶到无人处,惊起山禽我亦惊。"岂不就是这种体验吗?现在有些白话诗不讲叶韵,就把白话写成每句一行,一个"但"字占一行,一个"不"也占一行,内容不知道说些什么,我真不懂。这时候我想:倘能说得像我们的济公活佛那样富有诗趣,不叶韵倒也没有什么。

　　在九江的浔庐餐厅吃饭,似乎同在上海差不多。山上的吃饭情况就不同:我们住的第三招待所离开正街有三四里路,四周毫无供给,吃饭势必包在招待所里,价钱很便宜,饭菜也很丰富。只是听凭配给,不能点菜,而且吃饭时间限定。原来这不是菜馆,是一个膳堂,仿佛学校的饭厅。我有四十年不过饭厅生活了,颇有返老还童之感。跑三四里路,正街上有一所菜馆。然而这菜馆也限定时间,而且供应量有限,若非趁早买票,难免枵腹游山。我们在轮船里的时候,吃饭分五六班,每班限定二十分钟,必须预先买票。膳厅里写明请勿喝酒。有一个乘客说:"吃饭是一件任务。"我想:轮船里地方小,人多,倒也难怪;山上游览之区,饮食一定便当。岂知山上的菜馆不见得比轮船里好些。我很希望下年这种办法加以改善。为什么呢,这到底是游览之区,并不是学校或学习班!人们长年劳动,难得游山玩水,游兴好的时候难免把吃饭延迟些,跑得肚饥的时候难免想吃些点心。名胜之区的饮食供应倘能满足游客的愿望,使大家能够畅游,岂不是美上加美呢?然而庐山给我的总是好感,在饮食方面也有好感:青岛啤酒开瓶的时候,白沫四散喷射,飞溅到几尺之外。我想,我在上海一向喝光明啤酒,原来青岛啤酒气足得多。回家赶快去买青岛啤酒,岂知开出来同光明啤酒一样,并无白沫飞溅。啊,原来是海拔一千五百公尺的气压的关系!庐山上的啤酒真好!

1956 年 9 月作于上海

华山谈险

◎黄苗子

我们几个人在黄河边上的一个小县歇下来,这个地方有许多从各地来的画家们在进行壁画临摹研究工作。当我们宣布打算上华山一游之后,曾经去过的画家们就纷纷以一连串惊心动魄的词句来形容华山的险,有人在讲述用铁链子攀缘上去时那种战战兢兢的心情。有人说,上了二十里到"回心石",猛抬头看见挂着铁链的陡壁,已经叫你心神不定。再看看壁上前人的题字,左边刻着"当思父母",右边却叫你"勇猛前进",这时真像挂着十五个吊桶在心头——七上八落,不知该拿出勇气上去呢,还是名副其实地到了石边就"回心"转意,到此为止!有人又提到一千年前那位老作家——被称作"韩文公"的老韩愈上了苍龙岭不敢下来,急得痛哭一场,连书本子都扔掉了(苍龙岭有"韩愈投书处")。说这个地方的确好险,现在想起来还是心跳!

有人听说我要上华山,先把我打量一下,便发问:"你有心脏病没有?你神经衰弱不?"

听到了这一系列关于华山的"警告",我心里确实嘀咕起来。我平常到了北京饭店的屋顶向下一望,都觉得目眩心怔,发生马上就要掉下去的感觉,何况攀着铁链子上万丈悬崖,这个滋味儿怕不大好受,心里就凉了半截;待要自己提出取消华山之游，可是话已经说出来，不去，又怕别人笑话。

在一次闲谈中，我们约好的游伴之一，曾经以"考据家"的姿态谈到韩愈投书的问题，他说韩愈"年未四十而视茫茫，而发苍苍，而齿牙动摇"（韩著《祭十二郎文》中语），分明是个未老先衰的旧式书生，他上华山心里不发抖才怪；我们今天翻山越岭这种体力锻炼不是没有，解放军部队"智取华山"的壮举我们学不到，起码这种不畏艰难的精神是现代中国人都应当有的。

这位同志的话鼓舞了我们，并且确实被一份在路上偶然看到的《新绘详细西京华山胜景全图》那些奇怪的诗句所诱惑：

一心游览上华山，四十里高往正南。
西岳大部坐正顶，仰天池上把景观。
北看黄河来朝献，吹箫引凤中峰盖。

很想看一看究竟，果然几天以后我们四个人便到达华山山下的华阴县，在那里休息一晚，好准备明天上山。

在华阴，看那高插云表的三个山峰十分清楚，古人有"天外三峰削不成"的诗句，正好写出它的高峻。

旅馆里来往的不是上山便是下山的人，当我们背着背包、照相机和防备气候变化用的棉衣及毛线衣正要出门的时候，有一位刚从山上下来的旅客和我们打招呼，看看我们这副出门的装备，他带笑地说："你们上山东西带得太多了，看情况到了山上非逐渐减轻不可，上山下山都得手脚并用，手里可不能拿着东西呀！刚才我还跟店家说笑话，我说你们准得一路扔东西，店家就说他们扔了你就一路跟着捡吧……"

山

　　在"华山游口"接洽好背东西兼带路的人,我们便顺利地穿过五泉院,沿着山沟的溪涧入山。果然渐入佳境,在峡谷中被流水和野花一路吸引住,精神抖擞,腰脚也不觉疲乏,一口气上了五里山路,到一所叫作三教堂的地方歇下来喝茶。

　　正在这时候,却从山上下来一位气急败坏的青年人,一面擦汗,一面向老道要茶喝。我们问他从哪儿下来,他说:"嘻!又高又险的路,一口气走了二三十里!我是早上从中峰下来的。这华山真是怕人,半个月前我爬过青海的雪山,还没有这样危险,那苍龙岭两边峭壁,中间一条'鲫鱼背'(意思是像鲫鱼背那样的、两边陡削的山脊),拉着铁链子上下,眼睛往下望,白茫茫一片,云树在万丈山坳底下,叫你魂心都震抖起来。老君犁沟和千尺幢也都是又陡又狭的石壁,一不当心准教你……"他停了一下又说,"刚才有一位四十多岁的老乡,是甘肃来的,下苍龙岭吓得直哭,一面哭,一面倒爬着由两个人前后牵着下……说老实话,我现在腿还是软的。"我们之中那一位"勇敢的人"先开口:"同志,我们还没有上山,先别给我们泄气,我们想听一听你对于山上风景的意见,冒那么大的险到底值得值不得呢?"年轻人这时立刻堆满笑容说:"对呀,我都忘了说,你不上到三山峰顶上,你是不会想象出的,这山上的峰峦变化真是奇妙莫测咧!到了一个峰,你以为是绝境,却不料拐几拐又是一个比头一个更奇更绝的峰。华山的每个峰都各有胜处,北峰看日出和南峰看日出的景色就各有不同,所以为什么从古以来就有许多人爱华山,有许多人愿意一辈子在山上不下来。华山是险,但是确实值得付出一点代价,来领略这个大自然的奇迹!"

　　从谈话中,我们知道这位青年人是外国语学院的学生,学希腊文;因为有病,医生劝他休养半年,并且劝他旅行。

经过大块小块的石路,正要上莎萝坪,又碰到从山上下来的西安剧团的演员们。人有时候像蚂蚁,在路上碰头时会聊上几句天,可是在山势如此险仄的所在,我们的谈话也并不怎样洽心。我眼见一位女演员正在用手扶着石头跨过去,一面小心地动作着,一面却"好心"地对我们讲话:"哎呀,你们胆小的可不要上去,上头那高山陡壁吓得死人!"这时又是我们队伍中那位"勇敢的人"硬着头皮在答话:"不怕,我们胆子都很大。"当然喽,这四个人谁也不真正"胆子大"。当我们已经走得相当远时,还听得对方低声地说:"胆子大……那就好咧。"

上得青柯坪,已经走了十多里路,这时已是旧小说上所说的"午牌时分",两腿疲乏,勉强地支撑着走到饭堂。道士们端上又香又软的热馍馍,这时才觉得饥饿是首待解决的问题。

华山的道士们有很好的组织,有的参加了农业生产小组,有的参加游客招待小组,招待小组解决游客的食宿问题,简单的菜饭和清洁的卧具使人满意。

在九天宫睡了午觉,便沿路到达回心石,果然,抬头一看……呀!铁链子就挂在悬崖之上。不是回头就真没有别的路可去了。

只听得我们的"领队"以轻轻的、似乎征询也似乎敦促的口气说:"怎样?走吧?"那时我已下定决心,就"外强中干"地冒出一声"走!"其实不走也不行哪,那位带路的人已经背着我们的行李用手拉着铁链子上去了呢。

四个人战战兢兢地跟着他,此时我忽然发现了一个真理和奇迹:四条"腿"走起路来比起两条腿轻松,手拉着铁链,减轻了下肢的重量,觉得既稳当又好走。这样,我们便上了千尺幢——自然,我没有敢向四周和底下看。

千尺幢是两面峭壁当中的一条狭隘的石缝,中间凿出踏步,踏步又陡又浅,全靠拉着两边挂着的铁链上山,这地方除了一线天光之外,周围看不见外景,这倒也感到安全,人一步一步地攀上去,到顶只有一二米大小的一个方洞眼,旁边斜放着铁板,只要把铁板一盖,华山的咽喉便被堵住,山上山下便没有第二条路可通。

从千尺幢上百尺峡,仍然是攀缘铁链上去。顾名思义,它比千尺幢路程较短,但是四周没有遮拦,心理上似乎觉得危险得多。从这里遥望峭壁尽头的群仙观的建筑,感到位置章法十分恰当,叫人想起古画中的《仙山楼阁图》,群仙观是一位老道花了三四十年的精力修盖起来的道观。这位老者今年九十多岁,已经二十多年没有下过山了。

再上去就是老君犁沟,二十年前出版的《华山指南》,警告游客们到此要"敛神一志,扪索以登,切忌乱谈游视,万一神悸手松,坠不测矣!"因为这是一块大石板,光溜溜的草木不生,两旁竖着石柱,用铁索拦住,人就从这中间上行。自然,身到此间,不用说也就会"敛神一志"的。

攀完了老君犁沟,在太阳将下时,我们到达北峰。真武殿孤零零地立在山顶上,好像只要有一阵狂风,就会把整个建筑卷去似的。我们当天就在此住宿一宵。

今晚夜色不明,除了迎面翘立的西峰之外,群山都在脚底,清凉的晚风徐徐地给人拂去疲劳,恢复神智。此时四山极静,似乎连大自然微细的呼吸都可以听见,除了恋恋于这高峰暮色而痴坐台阶的四个人之外,一切有生,如归寂灭。这时忽从远处飘来一种声音,这声音节奏纡徐,忽然低沉,忽然朗爽,不像诗诵,也不是曲词,它仿佛只是人对自然的独白,是在人的情愫中挑出最悦耳和最清静的一点,来献给自然的一种不可形容的声音语言。自然,只有这种境界更适宜于这种声音,这种境界和声音,确能把人引向另一个渺茫的世界中去,虽然那个世界只是个短暂的、虚幻的,使人犹如欣赏一句美好的古典戏剧一样去欣赏它。

第二天早晨起来说梦,有人梦见昨晚唱"混元颂"的道士,依然在唱他那听不懂的歌词,有人梦见自己变成巨人,横躺在苍龙岭上。梦究竟是荒唐的事。一早上最叫人暗中着急的是不停地刮着大风,眼看那"一线孤绳,上通霄汉"的苍龙岭兀立在那咆哮的狂风中,不要说人,就是蚂蚁怕也会被吹落到那万丈深坑中去。这时四个人中就有人提出"刮这样大的风,怕上不去吧"的疑问,但谁也没有做正面答复。有人摊开纸笔对着远山作画,于是大家都画起画来。

华山有许多地方像北宋范宽的山水画,大片的山石像披麻,像斧劈,也有些地方宜用荷叶皴。望不见底的峭壁,有时只有几根纵线,有时却纵横交错表现出气魄的魁伟。从来画家都爱画华山,但真正把华山画得"形神"兼备却不容易。

午饭以后,我们离开北峰向南,到尽头又是绝路,崖边是垂直的一面石壁,凿出梯形踏步,两旁挂着铁链便利攀登的人,这就是十丈多高的"上天梯"。过了上天梯穿过金天洞不远,就是苍龙岭。

苍龙岭是突出的山脊,狭而且长,远看像天上垂下来一根长绳,人就像小虫一样缘着绳子上去。近看两旁深渊,暝不见底,云从山下冒出,风呼啦呼啦地摇动半山松林,像伸出来的怪手要攫人!我们四个人这时谁也没说话,按着宽有三四尺、狭仅尺许的踏步,俯身牵住铁链,"脚踏实地"地屏息前进。在前进中,我没有向周围俯视的余暇(自然也没有这种勇气),只是全心全意地爬上龙口;到了龙口,大家坐在石阶上舒一口气,一种解决一个难题以后的快感,浮在每个人脸上。

我们到了中峰,在道观喝了茶,听道士们指着峰峦述说解放华山时战士们的英勇行动和反动武装的怯懦怕死,觉得又兴奋又舒畅。人凭着勇敢和机智,能够战胜敌人也能战胜自然环境。今天,在我们的社会里,更有不可胜数的事例来说明这个真理。

"金锁关"是上东、西、南三峰的隘口。为了夜宿南峰,我们先到南天门一游。南天门的前殿看来平常,从殿后穿出石坪,才看到这个寺观原来是靠着峭壁建筑的,西面有一石门,石门下面铺着两根石桥,桥面宽不到一米,过去是栈道,人牵住右边峭壁的铁链,踏着不到六十厘米的狭道移步前行,左边就是一望无底的深坑。虽然知道南天门的道士,经常像逛马路一样从此处下朝元洞,过软梯,经"朽朽椽",到贺老洞;但是我们穿出石门,才踏过了石桥,在心慌脚软的情况下,就只好万分佩服地望着那位肩挑水担,轻快地走过"朽朽椽"的年轻女道士如飞而去,而我们却废然而返!

南峰是太华诸峰的最高处,远望秦岭、少华、终南、太白,这些在平地上觉得骞腾云表的高山,现在都俯伏峰底,有如众星拱北。人在仰天池悄立,真有古人"呼吸通帝座"的感觉。我们借了道士的棉衣穿上,在黄昏时漫步山头,还觉得寒意深重。可不是吗,比我们早不了几天的登山人,还在金天宫门前的钟楼栏杆上写着"一九五七年五月六日,在此遇雪,生平奇观……"等字句儿。道士们说:此地俗语有"上了金锁关,又是一重天"的说法,从山上的气候和植物土壤来看,确实是另一境界。

我不想细说在南峰早上看日出的美妙,也不想描写西峰上每棵松树的风姿;解放华山时在西峰翠坛宫捉住反动武装头子的故事,让道士们和你详谈,赵匡胤和陈抟老祖下棋,输掉了华山的传说,让东峰的下棋亭来做证(可是要到下棋亭,你得穿过"鹞子翻身"那也是十分惊险的场面),《宝莲灯》那剧戏中《劈山救母》的故事,让西峰那块石头和那把铁斧加以附会。……但是这座西岳华山为什么从古以来就会使人产生这么大的兴趣,几千年来,有无数诗篇、文章和图画对它做出各种歌颂,《华山志》说它是"轩辕黄帝会群仙之所,所以兴云雨、福苍生也",封建帝皇又利用它来作为欺骗百姓的工具,历代都举行过崇隆的典礼,而这座山又为什么会引起人们像《宝莲灯》那么美丽动人的幻想?我想,人要是住上几天,亲自和山灵接触一下,必然会解答这个问题。

踏上归途以前,自然还会想到怎样下苍龙岭、千尺幢的问题,又会使你发生"好上不好下"的错觉,但是我告诉你:从南峰绝顶回到华阴车站上下四十里路,我们只从早上七时到下午六时半左右就完成了行程,中途不断地休息、画速写、拍照。

大概上过华山的人都会得到这么一点经验教训:传说和想象中的一切困难要是吓不倒你的时候,你已经达到了目的的一半,此外就是在具体实践中如何稳步前进的问题。如果你还怕上不去,那么每年三月间你来看看附近省县赶"山会"的六七十岁小脚老太婆,他们百十成群上上下下的盛况,你就知道华山并不如一般人所说的那么"险"。

黄山记

◎徐迟

一

　　大自然是崇高、卓越而美的。它煞费心机,创造世界。它创造了人间,还安排了一处胜境。它选中皖南山区。它是大手笔,用火山喷发的手法,迅速地,在周围一百二十公里,面积千余平方公里的一个浑圆的区域里,分布了这么多花岗岩的山峰。它巧妙地搭配了其中三十六大峰和三十六小峰。高峰下临深谷;幽潭傍依天柱。这些朱砂的、丹红的、紫霭色的群峰,前簇后拥,高矮参差。三个主峰,高风峻骨,鼎足而立,撑起青天。

　　这样布置后,它打开了它的云库,拨给这区域的,有倏来倏去的云、扑朔迷离的雾、绮丽多彩的霞光、雪浪滚滚的云海。云海五座,如五大洋,汹涌澎湃。被雪浪拍击的山峰,或被吞没,或露顶巅,沉浮其中。然后,大自然又毫不悭吝地赐予几千种植物。它处处散下了天女花和高山杜鹃。它还特意委托风神带来名贵的松树树种,播在险要处。黄山松铁骨冰肌;异萝松天下罕见。这样,大自然把紫红的峰、雪浪云的海、虚无缥缈的雾、苍翠的松,拿过来组成了无穷尽的幻异的景。云海上下,有三十六源、二十四溪、十六泉,还有八潭、四瀑。一道温泉,能治百病。各种走兽之外,又有各种飞禽。神奇的音乐鸟能唱出八个乐音。稀世的灵芝草,有珊瑚似的肉芝。作为最高的效果,它格外赏赐了只属于幸福的少数人的,极罕见的摄身光。这种光最神奇不过。它有彩色光晕如镜框,中间一明镜可显见人形。三个人并立峰上,各自从峰前摄身光中看见自己的面容身影。

这样,大自然布置完毕,显然满意了,因此它在自己的这件艺术品上,最后三下两下,将那些可以让人从人间通入胜境去的通道全部切断,处处悬崖绝壁,无可托足。它不肯随便把胜境给予人类。它封了山。

二

鸿蒙以后多少年,只有善于攀援的金丝猴来游。以后又多少年,才来到了人。第一个来者黄帝,一来到,黄山命了名。他和浮丘公、容成子上山采药。传说他在三大主峰之一,海拔一千八百六十公尺的光明顶之榜,炼丹峰上,飞升了。

又几千年,无人攀登这不可攀登的黄山。直到盛唐,开元天宝年间,才有个诗人来到。即使在猿猴愁攀登的地方,这位诗人也不愁。在他足下,险阻山道阻不住他。他是李白。他逸兴横飞,登上了海拔一千八百六十公尺的莲花峰,黄山最高峰的绝顶。有诗为证:丹崖夹石柱,菡萏金芙蓉,伊惜升绝顶,俯视天目松。李白在想象中看见,浮丘公引来了王子乔,"吹笙舞凤松"。他还想"乘桥蹑彩虹",又想"遗形入无穷",可见他游兴之浓。

又数百年,宋代有一位吴龙翰,"上丹崖万仞之巅,夜宿莲花峰顶。霜月洗空,一碧万里。"看来那时候只能这样,白天登山,当天回不去。得在山顶露宿,也是一种享乐。

可是这以后,元明清数百年内,绝大多数旅行家都没有能登上莲花峰顶。汪瓘以"从者七人,二僧与俱",组成一支浩浩荡荡的登山队,"一仆前持斧斤,剪伐丛莽,一仆鸣金继之,二三人肩糇执剑戟以随"。他们只到了半山寺,狼狈不堪,临峰翘望,败兴而归。只有少数人到达了光明顶。登莲花峰顶的更少了。而三大主峰之中的天都峰,海拔只有一千八百一十公尺,却最险峻,从来没有人上去过。那时有一批诗人,结盟于天都峰下,称天都社。诗倒是写了不少,可登了上去的,没有一个。

登天都,有记载的,仅后来的普门法师、云水僧、李匡台、方夜和徐霞客。

三

白露之晨,我们从温泉宾馆出发。经人字瀑,看到了从前的人登山之途,五百级罗汉级。这是在两大瀑布奔泻而下的光滑的峭壁上琢凿出来的石级,没有扶手,仅可托足,果然惊险。但我们现在并不需要从这儿登山。另外有比较平缓的,相当宽阔的石级从瀑布旁侧的山林间,一路往上铺砌。我们甚至还经过了一段公路,只是它还没有修成。一路总有石级。装在险峻地方的铁栏杆很结实;红漆了,更美观。林业学校在名贵树木上悬挂小牌子,写着树名和它们的拉丁学名,像公园里那样的。

过了立马亭和龙蟠坡,到半山寺,便见天都峰挺立在前,雄峻难以攀登。这时山路渐渐陡峭,我们快到达那人间与胜境的最后边界线了。

　　然而,现在边界线的道路全是石级铺砌的了,相当宽阔,直到天都峰趾。仰头看吧！天都峰,果然像过去的旅行家所描写的"卓绝云际"。他们来到这里时,莫不"心甚欲往"。可是"客怨,仆泣",他们都被劝阻了。"不可上,乃止",他们没上去。方夜在他的《小游记》中写道:"天都险莫能上。自普门师蹑其顶,继之者唯云水僧一十八人集月夜登之,归而几堕崖者已四。又次为李匡台,登而其仆亦堕险几毙。自后遂无至者。近蹑其险而至者,唯余侣耳。"

　　那时上天都确实险。但现今我们面前,已有了上天的云梯。一条鸟道,像绳梯从上空落下来。它似乎是无穷尽的石级,等我们去攀登。它陡则陡矣,累亦累人,却并不可怕。石级是不为不宽阔的,两旁还有石栏,中间挂铁索,保护你。我们直上,直上,直上,不久后便已到了最险处的鲫鱼背。

　　那是一条石梁,两旁峭壁千仞。石梁狭仄,中间断却。方夜到此,"稍栗"。我们却无可战栗,因为鲫鱼背上也有石栏和铁索在卫护我们。这也化险为夷了。

　　如是,古人不可能去的,以为最险的地方,鲫鱼背、阎王坡、小心壁等等,今天已不再是艰险的,不再是不可能去的地方了。我们一行人全到了天都峰顶。千里江山,俱收眼底；黄山奇景,尽踏足下。

　　我们这江山,这时代,正是这样,属于少数人的幸福已属于多数人。虽然这里历代有人开山筑道,却只有这时代才开成了山,筑成了道。感谢那些黄山石工,峭壁见他们就退让了,险处见他们就回避了。他们征服了黄山。断崖之间架上桥梁,正可以观泉赏瀑。险绝处的红漆栏杆,本身便是可羡的风景。

胜境已成为公园。绝处已经逢生。看呵,天都峰、莲花峰、玉屏峰、莲蕊峰、光明顶、狮子林,这许多许多佳丽处,都在公园中。看呵,这是何等的公园!

四

只见云气氤氲来,飞升于文殊院、清凉台,飘拂过东海门、西海门,弥漫于北海宾馆、白鹅岭。如此之漂泊无定;若许之变化多端,毫秒之间,景物不同;同一地点,瞬息万变。一忽儿阳光泛滥;一忽儿雨脚奔驰。却永有云雾,飘去浮来;整个的公园,藏在其中。几枝松,几个观松人,溶出溶入;一幅幅,有似古山水,笔意简洁。而大风呼啸,摇撼松树,如龙如凤,显出它们矫健多姿。它们的根盘入岩缝,和花岗石一般颜色,一般坚贞。它们有风修剪的波浪形的华盖;它们因风展开了似飞翔之翼翅。从峰顶俯视,它们如苔藓,披覆住岩石;从山腰仰视,它们如天女,亭亭而玉立。沿着岩壁折缝,一个个地走将出来,薄纱轻绸,露出的身段翩然起舞。而这舞松之风更把云雾吹得千姿万态,令人眼花缭乱。这云雾或散或聚;群峰则忽隐忽现。刚才还是顶盆雨、迷天雾,而千分之一秒还不到,它们全部散去了。庄严的天都峰上,收起了哈达;俏丽的莲蕊峰顶,揭下了蝉翼似的面纱。阳光一照,丹崖贴金。这时,云海滚滚,如海宁潮来,直拍文殊院宾馆前面的崖岸。朱砂峰被吞没;桃花峰到了波涛底。耕云峰成了一座小岛;鳌鱼峰游泳在雪浪花间。波涛平静了,月色耀银。这时文殊院正南前方,天蝎星座的全身,如飞龙一条,伏在面前,一动不动。等人骑乘,便可起飞。而当我在静静的群峰间,暗蓝的宾馆里,突然睡醒,轻轻起来,看到峰峦还只有明暗阴阳之分时,黎明的霞光却渐渐显示了紫蓝青绿诸色。初升的太阳透露出第一颗微粒。从未见过这鲜红如此之红;也从未见过这鲜红如此之鲜。一刹那火球腾空;凝眸处彩霞掩映。光影有了千变万化;空间射下百道光柱。万松林无比绚丽;云谷寺豪光四射。忽见琉璃宝灯一盏,高悬始信峰顶。奇光异彩,散花坞如大放焰火。焰火正飞舞,那暗鸣变色,叱咤的风云又汇聚起来。笙管齐鸣,山呼谷应。风急了。西海门前,雪浪滔滔。而排云亭前,好比一座繁忙的海港,码头上装卸着一包包柔软的货物。我多么想从这儿扬帆出海去。可是暗礁多,浪这样险恶,准可以撞碎我的帆樯,打翻我的船。我穿过密林小径,奔上左数峰。上有平台,可以观海。但见浩瀚一片,了无边际,海上蓬莱,尤为诡奇。我又穿过更密的林子,翻过更奇的山峰,蛇行经过更险的悬崖,踏进更深的波浪。一苇可航,我到了海心的飞来峰上。游兴更浓了,我又踏上云层,到那黄山图上没有标志,在任何一篇游记之中无人提及,根本没有石级,没有小径,没有航线,没有方向的云中。仅在岩缝间,松根中,雪浪褶皱里,载沉载浮,我到海外去了。浓云四集,八方茫茫。忽见一位药农,告诉我,这里名叫海外五峰。他给我看黄山的最高荣誉,一株灵芝草,头尾花茎俱全,色泽鲜红如像珊瑚。他给我指点了道路,自己缘着绳子下到数十丈深谷去了。他在飞腾,在荡秋千。黄山是属于他的,属于这样的药农的。我又不知穿过了几层云,盘过几重岭,发现我在炼丹峰上,光明顶前。大雨将至,我刚好躲进气象站里。黄山也属于他们,这几个年轻的科学工作者。他们邀我进入他们的研究室。倾盆大雨倒下来了。这时气象工作者祝贺我,因为将看到最好的景色了。那时我喘息甫定,他们却催促我上观察台去。果然,雨过天又晴。天都突兀而立,如古代将军。绯红的莲花峰迎着阳光,舒展了一瓣瓣的含水的花瓣。轻盈的云海隙处,看得见山下晶晶的水珠。休宁的白岳山,青阳的九华山,临安的天目山,九江的匡庐山。远处如白练一条浮着的,正是长江。这时彩虹一道,挂上了天空。七彩鲜艳,银海衬底。妙极!妙极了!彩虹并不远,它近在目前,就在观察台边。不过十步之外,虹脚升起,跨天都,直上青空,至极远处。仿佛可以从这长虹之脚,拾级而登,临虹款步,俯览江山。而云海之间,忽生宝光。松影之荫,琉璃一片,闪闪在垂虹下,离我只二十步,探手可得。它光彩异常。它中间晶莹。它的比彩虹尤其富丽的镜圈内有面镜子。摄身光!摄身光!

这是何等的公园!这是何等的人间!

黄山小记

◎菡子

　　黄山在影片和山水画中是静静的,仿佛天上仙境,好像总在什么辽远而悬空的地方;可是身历其境,你可以看到这里其实是生气蓬勃的,万物在这儿生长发展,是最现实而活跃的童话诞生的地方。

　　从每一条小径走进去,阳光仅在树叶的空隙中投射过来星星点点的光彩,两旁的小花小草却都挤到路边来了;每一棵嫩芽和幼苗都在生长,无处不在使你注意:生命!生命!生命!就在这些小路上,我相信许多人都观看过香榧的萌芽,它伸展翡翠色的扇形,触摸得到它是"活"的。新竹是幼辈中的强者,静立一时,看着它往外钻,撑开根上的笋衣,周身蓝蓝的,还罩着一层白绒,出落在人间,多么清新!这里的奇花都开在高高树上,望春花、木莲花,都能与罕见的玉兰媲美,只是她们的寿命要长得多;最近发现的仙女花,生长在高峰流水的地方,她涓洁、清雅,穿着白纱似的晨装,正像喷泉的姐妹。她早晨醒来,晚上睡着,如果你一天窥视着她,她是仙辈中最娇弱的少年了。还有嫩黄的"兰香灯笼"——这是我们替她起的名字,先在低处看见她眼瞳似的小花,登高却看到她放苞了,成了一串串的灯笼,在一片雾气中,她亮晶晶的,在山谷里散发着一阵阵的兰香味,仿佛真是在喜庆之中;杜鹃花和高山玫瑰个儿矮些,但她们五光十色,异香扑鼻,人们也不难发现她们的存在。紫蓝色的青春花,暗红的灯笼花,也能攀山越岭,四处丛生,她们是行人登高热烈的鼓舞者。在这些植物的大家庭里,我认为还是叶子耐看而富有生气,它们形状各异,大小不一,有的纤巧,有的壮丽,有的是花是叶巧不能辨;叶子兼有红黄紫绿各种不同颜色,就是通称的绿叶,颜色也有深浅,万绿丛中一层层地深或一层层地浅,深的葱葱郁郁,油绿欲滴,浅的仿佛玻璃似的透明,深浅相间,正构成林中幻丽的世界。这里的草也是有特色的,悬岩上挂着长须(龙须草),沸水烫过三遍的幼草还能复活(还魂草),有一种草,一百斤中可以炼出三斤铜来,还有仙雅的灵芝草,既然也长在这儿,不知可肯屈居为它们的同类? 黄山树木中最有特色的要算松树了,奇美挺秀,蔚然可观,日没中的万松林,映在纸上是世上少有的奇妙的剪影。松树大都长在石头缝里,只要有一层尘土就能立脚,往往在断崖绝壁的地方伸展着它们的枝翼,塑造了坚强不屈的形象。"迎客松"、"异萝松"、"麒麟松"、"凤凰松"、"黑虎松",都是松中之奇,莲花峰前的"蒲团松"顶上,可围坐七人对饮,这是多么有趣的事。

　　鸟儿是这个山林的主人,无论我登多少高(据估计有两万石级),总听见它们在头顶的树林中歌唱,我不觉把它们当作我的引路人了。在这三四十里的山途中,我常常想起不知谁先在这奇峰峻岭中种的树,有一次偶尔得到了答复,原来就是这些小鸟的祖先,它们衔了种子飞来,又靠风儿做媒,就造成了林,这个传说不会完全没有道理吧。玉屏楼和散花精舍的招待员都是听"神鸦"的报信为客人备茶的,相距十里,聪明的鸦儿却能在一小时之内在这边传送了客来的消息,又飞到另一个地方去。夏天的黎明，我发现有一种鸟儿是能歌善舞的，它像银燕似的自由飞翔，忽上忽下，忽左忽右，我难以捉摸它灵活的舞姿，它的歌声清脆嘹亮委婉动听，是一支最亲切的晨歌，从古人的黄山游记中我猜出它准是八音鸟或山乐鸟。在这里居住的动物最聪明的还是猴子，它们在细心观察人们的生活，据说新四军游击队在这山区活动的时候，看见它们抬过担架，它们当中也有"医生"。一个猴子躺下，就去找一个猴医来，由它找些药草给病猴吃。在深壑绿林之中，也有人看见过老虎、蟒蛇、野牛、羚羊出没，有人明明看见过美丽的鹿群，至今还能描述它们机警的眼睛。我们还在从始信峰回温泉的途上小溪中捉到过十三条娃娃鱼，它们古装打扮，有些像《梁山伯与祝英台》中的书童，头上一面一个圆髻。一定还有许多我不知道的动物，古来号称五百里的黄山，实在还有许多我们不能到达的地方，最好有个黄山勘探队，去找一找猴子的王国和鹿群的家乡以及各种动物的老巢。

　　从黄山发出最高音的是瀑布流泉。有名的"人字瀑"、"九龙瀑"、"百丈瀑"并非常常可以看到，但是急雨过后，水自天上来，白龙骤下，风声瀑声，响彻天地之间，"带得风声入浙川"，正是它一路豪爽之气。平时从密林里观流泉，如丝如带，缭绕林间，往往和飘荡的烟云结伴同行。路边的溪流淙淙作响，有人随口念道："人在泉上过，水在脚边流"，悠闲自得可以想见。可是它绝非静物，有时如一斛珍珠迸发，有时如两丈白缎飘舞，声貌动人，乐于与行人对歌。温泉出自朱砂，有时可以从水中捧出它的本色，但它汇聚成潭，特别在游泳池里，却好像是翠玉色的，蓝得发亮，像晴明的天空。

　　在狮子林清凉台两次看东方日出，第一次去迟了些，我只能为一片雄浑瑰丽的景色欢呼,内心洋溢着燃烧般的感情,第二次我才虔诚地默察它的出现。先是看到乌云镶边的衣裙,姗姗移动,然后太阳突然上升了,半圆形的,我不知道它有多大,它的光辉立即四射开来,随着它的上升,它的颜色倏忽千变,朱红、橙黄、淡紫……它是如此灿烂、透明,在它的照耀下万物为之增色,大地的一切也都苏醒了,可是它自己却在通体的光亮中逐渐隐着身子,和宇宙溶成一体。如果我不认识太阳,此时此景也会用这个称号去称赞它。云彩在这山区也是天然的景色,住在山上,清晨,白云常来做客,它在窗外徘徊,伸手可取,出外散步,就踏着云朵走来走去。有时它们弥漫一片,使整个山区形成茫茫的海面,只留最高的峰尖,像大海中的点点岛屿,这就是黄山著名的云海奇景。我爱在傍晚看五彩的游云,它们扮成侠士仕女,骑龙跨凤,有盛装的车舆,随行的乐队,当他们列队缓缓行进时,隔山望去,有时像海面行舟一般。在我脑子里许多美丽的童话,都是由这些游云想起来的。黄山号称七十二峰,各有自己的名称,什么莲花峰、始信峰、天都峰、石笋峰……或象形或寓意各有其相似之处。峰上由怪石奇树形成的"采莲船"、"五女牧羊"、"猴子观桃"、"喜鹊登梅"、"梦笔生花"等等,胜过匠人巧手的安排。对那连绵不绝的峰部,我愿意远远地从低处看去,它们与松树相接,映在天际,黑白分明,真有锦绣的感觉。

　　漫游黄山,随处可以歇脚,新中国成立以后不仅"云谷寺"、"半山寺"面目一新,同时保留了古刹的风貌,但是比起前后山崭新的建筑如"观瀑楼"、"黄山宾馆"、"黄山疗养院"、"岩音小筑"、"玉屏楼"、"北海宾馆"管理处大楼和游泳池等,又都是小巫见大巫了,上山的路,休息的亭子,跨溪的小桥,更今非昔比,过去使人视为畏途和冷落荒芜的地方,现在却像你的朋友似的在前面频频招手。这些建筑都有自己的光彩,它新颖雄伟,使黄山的每一个角落都显得生动起来。这里原是避暑圣地,酷暑时外面热得难受,这里还是春天气候。但也不妨春秋冬去,那里四季都是最清新而丰美的公园。

古今多少诗人画家描写过黄山的异峰奇景,我是不敢媲美的。旅行家徐霞客说过:"五岳归来不看山,黄山归来不看岳。"我阅历不深,只略能领会他豪迈的总评,登在这里的照片,我也只能证明它的真实而无法形容它的诗情画意,看来我的小记仅是为了补充我所见闻而画中看不到的东西。

泰山极顶

◎杨朔

泰山极顶看日出,历来被描绘成十分壮观的奇景。有人说:登泰山而看不到日出,就像一出大戏没有戏眼,味儿终究有点寡淡。

我去爬山那天,正赶上个难得的好天,万里长空,云彩丝儿都不见,素常烟雾腾腾的山头,显得眉目分明。同伴们都欣喜地说:"明儿早晨准可以看见日出了。"我也是抱着这种想头,爬上山去。

一路从山脚往上爬,细看山景,我觉得挂在眼前的不是五岳独尊的泰山,却像一幅规模惊人的青绿山水画,从下面倒展开来。在画卷中最先露出的是山根底那座明朝建筑岱宗坊,慢慢地便现出王母池、斗母宫、经石峪。……山是一层比一层深,一叠比一叠奇,层层叠叠,不知还会有多深多奇。万山丛中,时而点染着极其工细的人物。王母池旁边的吕祖殿里有不少尊明塑,塑着吕洞宾等一些人,姿态神情是那样有生气,你看了,不禁会脱口赞叹说:"活啦。"

画卷继续展开,绿荫森森的柏洞露面不太久,便来到对松山。两面奇峰对峙着,满山峰都是奇形怪状的老松,年纪怕不有个千儿八百年,颜色竟那么浓,浓得好像要流下来似的。来到这儿,你不妨权当一次画里的写意人物,坐在路旁的对松亭里，看看山色，听听流水和松涛。也许你会同意乾隆题的"岱宗最佳处"的句子。且慢，不如继续往上看的为是……

一时间，我又觉得自己不仅是在看画卷，却又像是在零零乱乱翻着一卷历史稿本。在山下岱庙里，我曾经抚摸过秦朝李斯小篆的残碑。上得山来，又在"孔子登临处"立过脚，在秦始皇封的五大夫松下喝过茶，还看过汉枚乘称道的"泰山穿溜石"，相传是晋朝王羲之或者陶渊明写的斗大的楷书金刚经的石刻。将要看见的唐代在大观峰峭壁上刻的《纪泰山铭》自然是珍品，宋元明清历代的遗迹更像奇花异草一样，到处点缀着这座名山。一恍惚，我觉得中国历史的影子仿佛从我眼前飘忽而过。你如果想捉住点历史的影子，尽可以在朝阳洞那家茶店里挑选几件泰山石刻的拓片。除此而外，还可以买到泰山出产的杏叶参、何首乌、黄精、紫草一类名贵药材。我们在这里泡了壶山茶喝，坐着歇乏，看见一堆孩子围着群小鸡，正喂蚂蚱给小鸡吃。小鸡的毛色都发灰，不像平时看见的那样。一问，卖茶的妇女搭言说："是俺孩子他爹上山挖药材，捡回来的一窝小山鸡。"怪不得呢，有两只小山鸡争着饮水，蹬翻了水碗，往青石板上一跑，满石板印着许多小小的"个"字，我不觉望着深山里这户孤零零的人家想："山下正闹大集体，他们还过着这种单个的生活，未免太与世隔绝了吧？"

从朝阳洞再往上爬，渐渐接近十八盘，山路越来越险，累得人发喘。这时我既无心思看画，又无心思翻历史，只觉得像在登天。历来人们也确实把爬泰山看作登天。不信你回头看看来路，就有云步桥、一天门、中天门一类上天的云路。现时悬在我头顶上的正是南天门。幸好还有石蹬造成的天梯。顺着天梯慢慢爬，爬几步，歇一歇，累得腰酸腿软，浑身冒汗。忽

然有一阵仙风从空中吹来,扑到脸上,顿时觉得浑身上下清爽异常。原来我已经爬上南天门,走上天街。

黄昏早已落到天街上,处处飘散着不知名儿的花草香味。风一吹,朵朵白云从我身边飘浮过去,眼前的景物渐渐都躲到夜色里去。我们在清帝宫寻到个宿处,早早睡下,但愿明天早晨能看到日出。可是急人得很,山头上忽然漫起好大的雾,又浓又湿,悄悄挤进门缝里来,落到枕头边上,我还听见零零星星的几滴雨声。我有点焦虑,一位同伴说:"不要紧。山上的气候一时晴,一时阴,变化大得很,说不定明儿早晨是个好天,你等着看日出吧。"

等到明儿早晨,山头上的云雾果然清澈,只是天空阴沉沉的,谁知道会不会忽然间晴朗起来呢?不管怎样,我们还是冒着早凉,一直爬到玉皇顶,这儿便是泰山的极顶。

一位须髯飘飘的老道人陪我们立在泰山极顶上,指点着远近的风景给我们看,最后带着惋惜的口气说:"可惜天气不佳,恐怕你们看不见日出了。"

我的心却变得异常晴朗,一点也没有惋惜的情绪。我沉思地望着极远极远的地方,我望见一幅无比壮丽的奇景。瞧那莽莽苍苍的齐鲁大原野,多有气魄。过去,农民各自摆弄着一小块地,弄得祖国的原野像是老和尚的百衲衣,零零碎碎的,不知有多少小方块堆积在一起。眼前呢,好一片大田野,全连到一起,就像公社农民连的一样密切。麦子刚刚熟,南风吹动处,麦流一起一伏,仿佛大地也漾起绸缎一般的锦纹。再瞧那渺渺茫茫的天边,扬起一带烟尘。那不是什么"齐烟九点",同伴告诉我说那也许是炼铁厂。铁厂也好,钢厂也好,或者是别的什么工厂也好,反正那里有千千万万只精巧坚强的手,正配合着全国人民一致的节奏,用钢铁铸造着祖国的江山。

你再瞧,那在天边隐约闪亮的不就是黄河,那在山脚缠绕不断的自然是汶河。那拱卫在泰山膝盖下的无数小馒头却是徂徕山等许多著名的山岭。那黄河和汶河又恰似两条飘舞的彩绸,正有两只看不见的大手在耍着,那连绵不断的大小山岭却又像许多条龙灯,一齐滚舞——整个山河都在欢腾着啊。

如果说泰山是一大幅徐徐展开的青绿山水画,那么这幅画到现在才完全展开,露出画卷最精彩的部分。

如果说我在泰山路上是翻着什么历史稿本,那么现在我才算翻到我们民族真正宏伟的创业史。

我正在静观默想,那个老道人客气地赔着不是,说是别的道士都下山割麦子去了,剩他自己,也顾不上烧水给我们喝。我问他给谁割麦子,老道人说:"公社啊。你别看山上东一户,西一户,也都组织到公社里去了。"我记起自己对朝阳洞那家茶店的想法,不觉有点内愧。

有的同伴认为没能看见日出,始终有点美中不足。同志,你还有什么不满意的?其实我们分明看见了另一场更加辉煌的日出。这轮晓日从我们民族历史的地平线上一跃而出,闪射着万道红光,照临到这个世界上。

伟大而光明的祖国啊,愿您永远"如日之升"!

1959 年

平凉崆峒山笔记

◎贾平凹

路记

崆峒是一座极雄伟豪华的建筑,进入它,前山有路,后山也有路。前山路是砭道,近,细瘦如绳,所有的平民在这里攀援。后山是车路,远而弯曲迂回不能通行大车,只有坐小车的人走。山对于人都是自然,路于人却有层次,这是佛道也管不了的。

但不论前路后路,路面都不平坦,美好的境界是不可轻易而得的,所以一路石头,花白滚圆,思想得出这又是雨天的水道。到了八月,萧萧落叶,又一起集中到路上,深余四指,埋没一切凹凸,灿灿辉煌,如进圣殿的地毯,到了山中,看四个井字形峰头,路更不可捉摸,几乎是随脚而生,拐弯,便以树根环绕,到崖嘴就有楼阁,路又穿过楼阁下门洞,青石铺起津津清凉。直到悬崖陡壁前了,路一变而成石凿台级,直端端如梯,梯甚至向外凸,弓一样的惊险,有一"黄帝问道处",黄帝且不知路该何处走了,游客更觉前途不测。回首路又不复再见,一层群木波涌,满世界的杂色。一步一景,步步深入,每每百步之处,其景则异变,令人不知身在何处,惊奇良久,方醒悟到人间、仙境果有不同啊!

  行至最高峰,谁也不知是从哪里来,又要从哪儿归去,路全然消失,唯见山下泾河长流乃及远,身旁古塔直上而成高,这个时候,崆峒的自然如同人的自然,佛道若真有神灵,神灵视人是一类的:人从不同的路来,路将人引到共同的高点,是人皆享到了极乐。

树记

  以松为主,兼生杂木。

  皆不主张直立,肆意横行,不需要修剪,用不着矫饰。八月是深秋之季,枝条僵硬,预示着冬临里的一年一度的干枯,叶子都变色了,为红、为黄、为灰,色彩鲜艳原来并不是好事,而是要脱落前的变态的得意和显耀,愈是这般鲜艳,近看却感到晕起的色团很轻很淡,树桩、树杈,甚至指粗的枝条就愈黑得浓重,这浓重的黑才似乎使这些色晕不至于是云是雾而飘然离去。

  每一棵树上都生苔藓,有的如裹了绿栽绒,有的生白斑,白中透青,如贴了无数的生锈古铜钱,有的则丛生木耳,其实并不是木耳,是一种极薄极软的菌片,如骤然飞落的黑蝴蝶。更有一种白色苔瓣,恰似海边贝壳,齐齐地嵌立树身,几乎要化作冲天的玉鳞巨龙扶摇而去,使人叹为观止。

  有老松,其松塔与叶同等,那是年年不曾落脱的,年年又新生而死的积累,记录着它们传宗接代而未能及的遗憾,或是行将暮年,对往事所作的历历在目般的回忆。

  俯视远处那一面上下贯通的石壁前,有一树,叶子全然早落了,只有由粗及细而为杈的枝,初看是铁的铸造,久看就疑心那已不是树了,是石壁的裂缝。而仰观面前的石崖上,无坎无草,却突兀兀生就一树,凝黑的根为了寻找吸趴的方位,在石崖上来回上下盘绕,形如肿瘤,最后斜长而去,实在是一面绝妙的腾飞的龙的浮雕。

谁也想象不到,在山顶之上的高塔之巅,竟有两树,高数丈,粗几握,扎根的土在哪里,吸收的水又在何处,是哲人也百思不得其解。

间或就有一种枫,已经十分之老,不图高长,一味粗壮,样子幼稚笨拙,但枝条却分散得万般柔细,如女子秀发。叶子未落,密不密的,疏不疏的,有五角,色赤黄,风里摇曳,简直是一片闪烁的金星。

一棵树是一个构造。

除了庙堂前有两棵象征神威的蛇皮松,高大无比,端直成栋梁材,别的任何地位的松、柏、栲、槲、栋及杂荆杂木,皆根咬石崖,身凌空而去。崆峒的树是以丑为美的,不苦为应用,一任自由自在,这就是这个世界丰富的原因,也正是崆峒之所以是崆峒的所在。

浮山

◎牧惠

一座小小的山城古镇,本来朴素可爱,也有一些迷人的天然景色;可是,硬要给它凑够个"八景"、"十景",只能使它显得俗气。江边的一丛大竹林,竹子长得密密麻麻的,向上发展没有了位置,只好向横发展,几乎把河水盖了一小半,远看近观,果然不俗。可是,把它命名为什么"临江晚眺",就不免有点酸味。一座其实平常的古塔(在哪一座古城里没有这样的建筑?),硬要在哪一本古书里给它找上一个毫不相干的"雅"称("雅"得我都忘记了),更是无聊透顶。因此,在"贺江八景"之中,中我意的只有一二处。其中有一处浮山。

贺江由北而南,桂岭河由东而西,它们汇合的地方,有一个特别广阔的河面,河中间屹立着浮山。浮山是一座石山。在周围都是黄褐色的土山的环抱里,那黑突突的峥嵘的怪石,特别惹人喜爱。山上有一间不算太小的庙宇,更是增添了不少色彩和情趣。山上的鸟语,风吹着的松涛,庙里的香火和疏落的鼓声,又给浮山增添了一些幽静。善男信女们在这里可以找到他们精神的寄托和希望,木板印好的诗签给他们做着种种含糊其辞的预言。那时,我们是不作兴搞这些迷信的玩意儿的,但又还没有勇气在庙祝面前把它当作一种有趣的娱乐(庙祝那眼睛可厉害!)。我们有兴趣的是玩耍。在庙房的廊屋里，享受着那清新凉爽的空气，让清风撩拂自己的头发和衣裳，眺望着远近的景色，才是我们进庙的目的。贺江是浊黄的，桂岭河是碧清的。在开始汇合的地方，清浊是那样分明，只是在浮山的南面，混浊才污染了澄清（幸好廊屋面对着的是浮山的北面）。河的东边是一个大村落。一片泥砖屋，使那仅有的几家青砖屋特别露眼。它当然是财主们的产物。黑洞洞的枪眼冷冷地瞧着一切，好像示威，又好像感到孤独，感到力量的包围。村的那边，是连绵的阡陌，是一级级的梯田。河的西边是一座山。它绕过镇西的古城，从远方迤逦而来，到这里，被河水削去了尾巴，像一只好几丈高的泥墙。真不敢想从那上头掉下来的结果！可是，船夫们拉着纤，呼唱着船夫曲，一步一步地沿着那上面的小径往前挣扎，就像在平地一样。镇子就在北边，曲折的河流和葱茏的树木把它掩藏起来了。那时镇里还没有电灯，即使在晚上，你也感觉不到自己就在离小镇不到五里路远的地方，倒好像同那充斥着小市民的喧闹、势利很远很远似的，好像同那讨厌的数学课、难记的英文生字和语法、令人生厌的公民课教员的嘴脸都离得很远很远似的。在那里乘过了凉，大家就急急地按照自己的兴趣三五成群地分头活动了。庙里有的是游人们的题字，山上的石头也留下了许多他们的痕迹，其中有的还是人们特地从别的名胜临摹来的。当然有一些有意思的东西；但是，那时我们对这些是没有耐心欣赏的。我们的兴趣在庙的外边。山上有的是野果树：核大皮薄的龙眼，酸中带涩的小野梨，甜而发闷的相思果，只要不闹得太凶，庙祝是不便干涉的。山下有的是清泉，有耐心的可以去垂钓，有兴趣的可以去游泳（假如那是夏天），然后，往往是钓鱼的毫无所获，反而被游泳的弄得浑身湿透，不得不带笑带骂地下了水,让钓竿转移到另一个候补者的手里。玩得饿了,热心的女同学早就给准备好简单但是丰盛的午餐———一般都是青菜或蒜苗炒米粉,味道好,分量多(特别是分量多,最适合我们的要求。在吃的问题上,学生时代素来都是重量不重质的),使你增加了对浮山的留恋。

到冬天,野梨已经过时,树叶已经凋零,去浮山玩的人少了。但是,即使是冬天,玩的办法也有的是,我就在浮山度过了一个难忘的冬夜。那是中学毕业时特意举行的一次毕业旅行。艰难的八年抗战终于在一片爆竹声中结束了。考完试了,毕业文凭就要到手了。少年人还不曾会拿命运的迷雾来束缚住那因为考完试而显得轻松愉快的心,从此各奔东西的心情,更使我们决心非好好地玩他个痛快不可。当月亮钻出了村庄的后头也来赶热闹的时候,收拾了聚餐的盘碗,我们马上用自己的行动和声音占领了整个浮山。香客们早走了,庙祝回村去了,摆渡的老头把渡船搁在岸边走了。我们是浮山的主人。开始是山前的空地,而后是两只渡船,成了我们的晚会最理想的会场。两只大而无当的渡船竟变成了端午的龙船;一首短短的歌,一段短短的绕口令(我现在还记得清清楚楚),使每一个人都成了卖力的演员同时又是兴高采烈的观众。赛船快,赛歌声亮,赛绕口令圆熟,把月亮也逗得笑白了脸。那是冬天,月亮和水又增加了寒意,可是,棉衣却被冷落地堆满了山脚。那是夜晚,可是,月亮的光,星星的光,流水的光,笑脸的光,使一切都显得那么清楚。以前多半是来游山,这次才算是认真地玩水。这时,你得好好地看上浮山一眼。多美!就像一个秀丽玲珑的盆景。贺江是盆中的水,石山上巧妙地布置着苍劲的青松,茂密的绿竹,典丽的古庙,无尽的石级……可是,谁有那么悠闲的心情细细地欣赏这些!在青年人看来,平静是生活的荆棘,同大自然搏斗才能显示出生命的意义。何况又是那样一个凛冽的冬夜!我们着意的是逆水的划船,是笑闹中发出的热力。越是闹,越是感到浮山静得可爱。一切都睡着了。连那晚间叫得最欢的小虫,也都因为无法叫唤得住季节的转移,而结束了它哀凄的呼唤。只有我们的声音。直到太阳出来了,渡船的主人来到了,我们才发现嗓子已经叫哑,人也疲倦得可以了。回到家里,睡在床上,梦里仍然觉得自己在摇晃,就像仍然置身渡船上一样。这是我最后一次浮山之游。如今,一晃就是十三年。想起了浮山,我仍然怀念着这美妙的一夜。想起了这一夜,我又不禁怀念起浮山来了。

可是,老一辈的人却不大以当时的浮山为满足。也许多少有点九斤老太的味道吧,他们总是感到今非昔比的。新的百货"化学",不及以前的耐用;新的学校"化学",一个中学毕业生比不上一个秀才的文墨(单单那笔字,就使他们不知摇头叹息过多少次);浮山也不如前,它没有以前热闹,它不浮了,庙里的菩萨也不及以前灵验了……

也不能怪他们的埋怨毫无根据。据说,再往前追溯几十年,浮山的香火是非常旺盛的。特别是三月三,那更是人山歌海,熙熙攘攘。故乡是一个盛产山歌的地方。每逢三月三歌节,各乡的歌手云集在浮山,他们趁歌墟,摆山歌擂台。他们歌唱爱情,他们颂扬反抗;他们向往光明,他们诅咒黑暗。这时,浮山有盛大的醮坛,有放炮,有焰火,有戏棚,有歌台。迷信同文明胶结,精华同糟粕混杂,信士们虔诚的神心同乡绅们趁打醮捞他一笔的邪念汇合在一起……谁知道是什么原因,也许是农村更破落了,生意更清淡了,也许是政府取缔了,三月三不再作为一个节日存在了,剩下的是人们今非昔比的叹息!

关于浮山的"浮",更有着既美丽而又富于反抗性的传说。人们说,浮山原来是浮的。春天发大水,城里水浸街了,浮山的石级仍然浸不完,更不要说庙宇了。那原因,是它下面有着四只宝鸭。水涨一尺,宝鸭就背负着浮山往上浮起十寸。但是,来了洋鬼子之后,浮山不浮了,菩萨不灵了,因为宝鸭给洋鬼子偷走了。那时不懂这浮与不浮的道理。其实,浮山的河面很宽,容水量大,而庙宇又建在山顶,自然不会轻易被淹。只是由于河床被上流冲来的泥沙一天天地淤塞,才使浮山渐渐有被淹的危险。把这原因归咎于菩萨的灵验与否,固然很不科学;但是,把它归咎于洋鬼子,却有部分理由。为了满足帝国主义者的需要而在上流开采矿藏,帝国主义入侵加速了农村衰落而引起的水土流失,不都是加速河床淤塞的原因吗?

这次返乡搬家,只能耽搁三天。收拾行李已经显得迫促,更谈不上浮山一游了。为了补偿,我自然得挑动人们谈谈浮山。

"你们还常去浮山玩吗?"

"当然去。"表妹总喜欢说"当然"。

"热闹吗?"

"大家都不信神了,香火当然没有以前旺。去旅行的人却增多了。"

我问她们关于三月三歌节的事,表侄女说:"山歌可唱得挺欢。我们在唱《刘三姐》。但不在浮山,在河西新盖的大礼堂里。"

"姑姑演的三姐,有机会你看看就好了,才够味道呢!"好像被揭开了什么秘密,表侄女羞愧但高兴地笑了,笑得真有点像在歌节中被人揭开了爱情秘密的刘三姐。

"浮山浮不浮呢?"

"浮山哪里会浮?"

我告诉了她们关于浮山的传说,告诉了她们我对于浮与不浮的看法。

"打新中国成立后,我们疏过了几次河道,还在岸边种了许多树,那么,浮山有一天还会浮起来的吧?"

会的,浮山会浮起来的。我们已经夺回了那四只宝鸭。

山中的历日

◎郑振铎

"山中无历日",这是一句古话,然而我在山中却把历日记得很清楚。我向来不记日记,但在山上却有一本日记,每日都有二三行的东西写在上面。自七月二十三日,第一日在山上醒来时起,直到了最后的一日早晨,即八月二十一日,下山时止,无一日不记。恰恰的在山上三十日,不多也不少,预定的要做的工作,在这三十日之内,也差不多都已做完。

当我离开上海时,一个朋友问我:"什么时候可以回来?"

"一个月。"我答道。真的,不多不少,恰是一个月。有一天,一个朋友写信来问我道:"你一天的生活如何呢?我们只见你一天一卷的原稿寄到上海来,没有一个人不惊诧而且佩服的。上海是那样热呀,我们一行字也不能写呢。"

我正要把我的山上生活告诉他们呢。

在我的二十几年的生活中,没有像如今的守着有规则的生活,也没有像如今的那么努力地工作着的。

第一晚,当我到了山时,已经不早了,滴翠轩一点灯火也没有。我向心南先生道:"怎么黑漆漆的不点灯?"

"在山上,我们已成了习惯,天色一亮就起来,天色一黑就去睡,我起初也不惯,现在却惯了。到了那时,自然而然地会起来,自然而然地会去睡。今夜,因为同家母谈话,睡得迟些,不然,这时早已入梦了。家中人,除了我们二人外,他们都早已熟睡了。"心南先生说。

我有些惊诧,却不大相信。更不相信在上海起迟眠迟的我,会服从了这个山中的习惯。

然而到了第二天绝早,心南先生却照常起身。我这一夜是和他暂时一房同睡的,也不由得不起来,不由得不跟了他一同起身。"还早呢,还只有六点钟。"我看了表说。

"已经是太晚了。"他说。果然,廊前太阳光已经照得满墙满地了。

这是第一次,我倚了绿色的栏杆——后来改漆为红色的,却更有些诗意了——去看山景。没有奇石,也没有悬岩,全山都是碧绿色的竹林和红瓦黑瓦的洋房子。山形是太平衍了。然而向东望去,却可看见山下的原野。一座一座的小山,都在我们的足下,一畦一畦的绿田,也都在我们的足下。几缕的炊烟,由田间升起,在空中袅袅地飘着,我们知道那里是有几家农户了,虽然看不见他们。空中是停着几片的浮云。太阳照在上面,那云影倒映在山峰间,明显可以看见。

"也还不坏呢,这山的景色。"我说。

"在起了云时,漫山都是云,有的在楼前,有的在足下,有时浑不见对面的东西,有时,诸山只露出峰尖,如在海中的孤岛,这简直可称为云海,那才有趣呢。我到了山时,只见了两次这样的奇景。"心南先生说。

这一天真是忙碌,下山到了铁路饭店,去接梦旦先生他们上山来。下午,又东跑跑西跑跑。太阳把山径晒得滚热的,它又张了大眼向下望着,头上是好像一把火的伞。只好在邻近竹径中走走就回来了。

在山上,雨是不预约就要落下来的,看它天气还好好的,一瞬间,却已乌云蔽了楼檐,沙沙的一阵大雨来了。不久,眼望着这块大乌云向东驶去,东边的山与田野却现出阴郁的样子,这里却又是太阳光满满地照着了。

　　"伞在山上倒是必要的;晴天可以挡太阳,下雨的时候可以挡雨。"我说。

　　这一阵雨过去后,天气是凉爽得多了,我便又独自由竹林间的一条小山径,寻路到瀑布去。山径还不湿滑,因为一则沿路都是枯落的竹叶躺着,二则泥土太干,雨又下得不久。山径不算不峻峭,却异常好走。足踏在干竹叶上,柔柔的如履铺了棉花的地板,手攀着密集的竹子,一棵一棵地递扶着,如扶着栏杆,任怎么峻峭的路,都不会有倾跌的危险。

　　莫干山有两个瀑布,一个是在这边山下,一个是碧坞。碧坞太远了,听说路也很险。走过去,要经过一条只有一尺多阔的栈道,一面是绝壁,一面是十余丈深的山溪,轿子是不能走过的,只好把轿子中途弃了,两个轿夫牵着游客的双手,一前一后地把他送过去。去年,有几个朋友到那里去游,却只有几个最勇敢的这样走了过去,还有几个却终于与轿子一同停留在栈道的这边,不敢过去了。这边的山下瀑布,路途却较为好走,又没有碧坞那么远,所以我便渴于要先去看看——虽然他们都要休息一下,不大高兴走。

　　瀑布的气势是那么样的伟大,瀑布的景色是那么样的壮美;那么多的清泉,由高山石上,倾倒而下,水声如雷似的,水珠溅得远远的,只要闭眼一想象,便知它是如何地迷人呀!我少时曾和数十个同学们一同旅行到南雁荡山。那边的瀑布真不少,也真不小。老远的老远的,便看见一道道的白练布由山顶挂了下来。却总是没有走到。经过了柔湿的田道,经过了繁盛的村庄,爬上了几层的山,方才到了小龙湫。那时是初春,还穿着棉衣。长途的跋涉,使我们都气喘汗流。但到了瀑布之下,立在一块远隔丈余的石上时,细细的水珠却溅得你满脸满身都是,阴凉的,阴凉的,立刻使你一点的热感都没有了;虽穿了棉衣,还觉得冷呢。面前是万斛的清泉,不休地只向下倾注,那景色是无比的美好,那清而洪大的水声,也是无比的美好。这使我到如今还记着,这使我格外地喜爱瀑布与有瀑布的山。十余年来,总在北京与上海两处徘徊着,不仅没有见什么大瀑布,便连山的影子也不大看得见。这一次之到莫干山,小半的原因,因为那山有瀑布。

山径不大好走,时而石级,时而泥径,有时,且要在荒草中去寻路。亏得一路上溪声潺潺的。沿了这溪走,我想总不会走得错的。后来,终于是走到了。但那水声并不大,立近了,那水珠也不会飞溅到脸上身上来。高虽有二丈多高,阔却只有两个人身的阔。那么样委靡的瀑布,真使我有些失望。然而这总算是瀑布,万山静悄悄的,连鸟声也没有,只有几张照相的色纸,落在地上,表示曾有人来过。在这瀑布下流连了一会,脱了衣服,洗了一个身,濯了一会足,便仍旧穿便衣,与它告别了。却并不怎么样地惜别。

刚从林径中上来,便看见他们正在门口,打算到外面走走。

"你去不去?"擘黄问我。

"到哪里去?"我问道。

"随便走走。"

我还有余力,便跟了他们同去。经过了游泳池,个个喧笑地在那里泅水,大都是碧眼黄发的人,他们是最会享用这种公共场所的。池旁,列了许多座位,预备给看的人坐,看的人真也不少。沿着这条山径,到了新会堂,图书馆和幼稚园都在那里。一大群的人正从那里散出,也大都是碧眼黄发的人。沿着山边的一条路走去,便是球场了。球场的规模并不小,难得在山边会辟出这么大的一个地方。场边有许多石级凸出,预备给人坐,那边贴了不少布告,有一张说:"如果山岩崩坏了,发生了什么意外之事,避暑会是不负责的。"我们看那山边,围了不少层的围墙。很坚固,很坚固,那里会有什么崩坏的事。然而他们却要预防着。在快活地打着球的,也都是碧眼黄发的人。

梦旦先生他们坐在亭上看打球,我们却上了山脊。在这山脊上缓缓地走着,太阳已将西沉,把那无力的金光亲切地抚摩我们的脸。并不大的凉风,吹拂在我们的身上,有种说不出的舒适之感。我们在那里,望见了塔山。

心南先生说:"那是塔山,有一个亭子的,算是莫干山最高的山了。"望过去很远,很远。

晚上,风很大。半夜醒来,只听见廊外呼呼地啸号着,仿佛整座楼房连基底都要为它所摇撼。

山中的风常是这样的。

这是在山中的第一天。第二天也没有做事。到了第三天,却清早起来,六点钟时,便动手做工。八时吃早餐,看报,看来信,邮差正在那时来。九时再做,直到了十二时。下午,又开始写东西,直到了四时。那时,却要出门到山上走走了。却只在近处,并不到远处去。天未黑便吃了饭。随意闲谈着。到了八时,却各自进了房。有时还看看书,有时却即去睡了。

一个月来,几乎天天如此。

下午四时后,如不出去游山,便是最好的看书时间了。

山中的历日便是如此,我从来没有过着这样的有规则的生活过!

1926年9月20日追记

皋亭山

◎郁达夫

皋亭山俗称半山，以"半山娘娘庙"出名。地在杭城东北角，与城市相去大约有十五六里路之遥。上半山进香或试春游的人，可以从万安桥头下船，一直遵水路向东北摇去。或从湖墅、拱宸桥以及城里其他各埠下船去都行。若从陆路去，最好是坐火车到笕桥下车，向北走去，到半山只有七里，倘由拱宸桥走去，怕要走十多里路了，而路又曲折容易走错。汽车路，不知通到了什么地方，因为航空学校在皋亭山下笕桥之南三五里，大约汽车路总一定是有的。

先说明了这一条路径，其次要说我去游皋亭的经验了，这中间，还可以插叙些历史上的传说进去。

自前年搬到了杭州来住后，去年今年总算已经过了两个春天。我所最爱的季节，在江南是秋是冬，以及春初的一两个月。以后天气一热，从春晚到夏末，我简直是一个病夫；晚上睡不着觉，日里头昏脑涨，不吃酒也像是个醉狂的人。去年春天，为防止这一种痊夏——其实也可以说是痊春——病的袭来，老早我就在防卫，想把身体锻炼得好些，可以敌得过浓春的压迫，盛夏的熏蒸。故而到了春初，我就日日游山玩水，跑路爬高，书也不读，文章也不写。有一天正在打算找出一处不曾去过的地方来，去游他一天，消磨那一日长闲的春昼，恰巧

山

有一位多年不见的诗人何君来了,他是住在临平附近的人,对于那一边的地理,是很熟悉的。我问说:"临平山、超山、唐栖镇,都已经去过了,东面还有更可以玩的地方没有?"他垂头想了一想,就说:"半山你到过没有?"我说:"没有!"于是就决定了一道去游半山。

半山本名皋亭山,在清朝各诗人的集子里,记游皋亭看桃花的诗词杂文很多很多;我们去的那一天,桃花虽还没有开,但那一年春天来得较迟,梅花也许是还有的。皋亭虽不是出梅子的地方,可是野人篱落,一树半枝的古梅,倒也许比梅林更为有趣;何君从故乡来,说迟梅还正在盛开,而这一天的天气,也正适合于探梅野步。

我们去时,本打算上笕桥去下车,以后就走到皋亭山上庙里去吃午餐的;但一到车站,听说四等车已经开了,于是不得已只能坐火车到了拱宸桥。

在拱宸桥下车,遥望着皋亭的山色,向北向东,穿桑林,过小桥,一路走去,那一种萧疏的野景,实在也满含着牧歌式的情趣。到了离皋亭山不远,入沿堤一处村子里的时候,梅花已经看了不少,说话也说尽了两三个钟头,而肚里也有点像贪狼似的饿了。

我们在堤上的一家茶馆里,烘着太阳,脱下衣服,先喝了两大碗土烧酒,吃了十几个茶叶蛋,和一大包花生米、豆腐干。村里的人,看见我们食量的宏大,行动的奇特,在这早春的农闲期里,居然也聚拢了许多农工织女,来和我们攀谈。中间有一位抱小孩子的二十二三的少妇,衣服穿得异常整齐,相貌也生得非常之完满,默默微笑着坐在我们一丛人的边上,在听我们谈海天,说笑话,而时时还要加以一句两句的羞缩的问语。

何诗人得意之至,酒喝完后,诗兴发了,即席就吟成了一首七言长句,后来就题上了"半山娘娘庙"的墙壁;他要我和,我只作成了一半,后一半却是在回来的路上作的,当然是出韵了,原诗已经记不出来,我现在先把我的和诗抄在下面:

春愁如水刀难断,村酿偏醇醉易狂。
笑指朱颜称白也,乱抛青眼到红妆。
上方钟定夫人庙,东阁诗成水部郎。
看遍野梅三百树,皋亭山色暮苍苍。

因为我们在茶馆里所谈的,就是这一首诗里的故事。

他们说:"半山娘娘最有灵感,看蚕的人家,每年来这里烧香的,从二月到四月,总有几千几万。"

他们又说:"半山娘娘,是小康王封的。金人追小康王到了这山的半腰,小康王无处躲了,幸亏这娘娘一把沙泥,撒瞎了追来的金人的眼睛。"

又有一个老农夫订正这一个传说:"小康王逃入了半山的山洞,金人赶到了,幸亏娘娘把一篓细丝倒向了洞口,因而结成了蛛网。金人看见蛛网满洞,晓得小康王绝不会躲在洞里,所以又远追了开去。"

凡此种种,以及香灰疗病、娘娘托梦等最近的奇迹,他们都说得活灵活现,我们仿佛是身到了西方的佛国。故而何诗人作了诗,而不是诗人的我也放出了那么的一"臭",其实呢,半山庙所祀的为倪夫人。据说,金人来侵,村民避难入山;向晚大家回村去宿,独倪夫人怕被奸污,留居山上,夜间为毒蛇咬死。人悯其贞,故立庙祀之。所谓撒沙,所谓倒丝笼,都是由这传说里滋生出来的枝节,而祠为宋敕,神为女神,却是实事。

我们饱吃了一顿,大笑了一场,就由这水边的村店里走出,沿堤又走了二三里路,就走上了皋亭脚下的一个有山门在的村子。这里人家更多,小店里的货色也比较完备。但村民的新年习惯,到了阴历的二月还未除去,山门前的亭子里、茶店里,有许多人围着在赌牌九。何诗人与我,也挤了进去,押了几次,等四毛小洋输完后,只好转身入山门,上山去瞻仰半山娘娘的像了。

庙的确是在半山,庙里的匾额、签文,以及香烛之类,果然堆叠得很多。但正殿三间,已经倾颓灰黑了,若再不修理,怕将维持不下去。西面的厢房一排数间,是厨房,也是管庙管山的人的宿舍,后面更有一个观音堂,却是新近修理粉刷过的。

因为半山庙的前后左右,也没有什么好看,桃树也并没有看见,梅花更加少了,我们就由倪夫人庙西面的一条山路走上了山顶。登高而望远,风景是总不会坏的,我们在皋亭山顶,自然也看见了杭州城里的烟树人家与钱塘江南岸的青山。

从山顶下来,时间已经不早了,何诗人将诗题上了西厢的粉壁后,两人就跑也似的走到了笕桥。

一年的岁月,过去得很快;今年新春刚过,又是饲蚕的时节了,前几天在万安桥头闲步,并且还看见了桅杆上张着黄旗的万安集、半山、超山进香的香船,因而便想起了去年的游迹,因而又发出了一"臭":

　　半堤桃柳半堤烟,急景清明谷雨前。
　　相约皋亭山下去,沿河好看进香船。

1935 年 3 月 27 日

雁荡行（节选）

◎萧乾

一　雁荡序幕

　　临到名山脚前,是摆架子呢,还是为了使香客们肃穆下来,路已不再那么平坦了。

　　极目望去,没有了那齐整的地平线,却是一重重嵯峨的关山。当我们的车由小温岭的山根盘向顶巅的途中,那恍如是做了一场又惊又险的噩梦。向车窗两旁探首,等待着你的永是壁立千仞的峭崖。缩头看看前面,嶙峋的山坡上爬着一条曲折如蛇,旋转如螺的公路。汽车呜呜震响着,奔驰着,如一匹激怒了的巨兽。遇到拐角处,有的乘客时常会脱口喊嚷出来:"司机,司机,慢点开哟!"

　　然而这嚷叫早为马达声吞没了。喊的人只好无助地向车窗外看,越是怕越想看啊!

　　窗外,田野阡陌尽处,是一片白茫茫的湖雾。湖心似还泊着一只帆船,细小有如一根孤生的芦苇。宁静的湖水闪烁着它那份澄静舒坦,似乎是安排来镇宁乘客们的心情,它冲散了不少车里的恐怖。

　　像是结束了一口悠长的叹息,我们的车跨过了小温岭。

车身的震响少了,我们的梦也醒了。然而抬头望望那始终警觉着的司机,那坚毅勇敢的背影,一种感激钦佩的心情油然而生。

可是回首看看那如蛇如螺的艰苦工程,更应感激的不还有当日筑路的民夫吗?他们用臂膀凿出这条险路。便是在这样阴雨连绵的季节,也还那样坚固坦平。

车到白溪,载运汽车的摆渡已在伫候着哪。

这以后,我们便投入了雁荡的怀抱。

不须指点,突然你会觉得周围变了样。一路上尽管经过十八座山,高的有,险的也有,然而一个平凡的"山"的观念你脱不掉。但到了雁荡,置身于那幽奇浑然的境界,你将不断地问着自己:这是哪里呀,这么古怪,这么怕人!

汽车停在山口,那里离我们的宿处还有五六里地。

正像一出古典剧的序幕,这五六里地沿途的布置把我们整个引入另一种庄严境地。也正像序幕,雁荡的许多重要角色都闪出个侧影。它不要你洞悉,却要你洗刷为铜锈油腻淤塞住的心灵,忘掉沿途的辛苦,准备一具容得下瀑布山影的胸膛。

首先,你得惊讶山到了这里竟全然变了色,苍黑里透着绛紫。平时看见一座不毛之山,你会嫌它植树太少,你划算一座山可以辟作几块梯田,土质适宜种荞麦还是桃杏。一句话,你盘算山,支配山,你是山的主人。到这里,山却成为你的主人了。

埋伏在四周的,哪有一个驯顺家伙呀!有的像一只由天上击下来的巨拳,握得那样牢,似有无限重力蟠结在拳心。击下来倒也罢,它偏悬在半空,叫你承受那被击的疼痛感觉。迎面,矗入天空的,是一只拱起的臂肘,上面长满了积年的疤痕。臂肘旁边,不知谁在长长伸着两个秀细指头(双侠峰),及至你一逼视,手指下面还睁了一双骷髅般深陷的黑眼(老虎洞),对你眈眈怒视。左边又出现一面悬崖绝壁(云霞嶂),上面依稀布满了斑斓的朱霞。这一切,都像伏卧着的巨兽,巉岩上垂落着这巨兽的唾液,有的地方还是悬空散下,如檐前细雨,当地人叫作雪花天。

沿着一道小溪,我们到达了旅社。一顿异常香甜的午饭后,我们各拄了根棍子,齐向灵岩拔步。

二 永远滚流着

灵岩寺算不得一座大庙,藏在无数奇形怪状的峰峦中,它却摆出极其宏伟的排场。

立在寺背后的是锦屏嶂,嶂下是一片疏疏朗朗的竹林。没缘分见过海市蜃楼的我,真不知那嶂石里面究竟还存在着怎样一个幻境。在那斑驳的黑影中,你可以清晰而又恍惚地辨出亭台楼阁来,没有真的清楚,却比真的景色更能引起你的遐思。

直像哼哈二将,只是体魄更要硕大多少倍,耸立在寺前的是南天门(又名白云岗),左展旗峰,右大狮岩,岩上便是拔地而起,不着寸土的天柱峰。这座矗立云表,高可达百二十五丈的巨岩,如果仔细端详,周身还有着棱角,宛若一块顶天立地的晶石。

天阴着。我们在寺殿前品着云雾茶,僧人便挥着长长衣袖,指点给我们:那酷似一个女人剪影的是"侧面观音",两峰并立的是"双鸾峰",细圆直起如古墓华表的是"卓笔峰",两峰连起如一本展开的书册的是"卷图峰";真是重叠竞举,形成一座巍峨的山城。

在这些惊心动魄的庞大家伙之间,还夹着些以精雕细琢惹人注目的"金乌"、"玉兔"、"美女梳妆",它们那奇秀的姿态,恰好调和了四周险巇逼人的气势。

灵岩这小庙,便为这些奇峰怪峦重重围起,自成一个世界;蔽日遮天,好一个荒僻、幽暗的山谷。

我们走出寺的后门,沿了竹溪僻径,访问灵岩另一奇迹了。

拐过一巨岩,我们为一种铿锵嘹亮的响声所惊骇。在幽暗的山谷里发出隆隆回声。我们低头寻找,还以为溪涧突然发了狂,可冤枉了那清澈见底的小溪,它依然冲刷着大小卵石,卷着凋落的竹叶,琤琤吟唱,缓缓向山下流着。

那响声越来越隆大了。渐渐地,深谷里的寒风竟夹着雨星向我们扑打。天阴,可还没落雨!当我们一面向前探着脚步,一面心下揣了疑惧猜测着的时候,突然一道由半山垂落下来的白光出现在我们眼前了。

"小龙湫!"有人这样喊。

啊,瀑布,梦了多少年,今天我有福气看到了。我不甘心遥遥望着它。镀满青苔的乱石是泞滑的,然而我可以爬。

终于,我爬到了小龙湫的脚前。我仰起头来,由那石缝迸出的是一股雪白怒泉,滚滚泻下,待泻到半途,怒气消解,却又散为细碎银珠,抖抖擞擞,飘落而下。纷乱的银珠击在湫下乱石上,迸得更细碎,更纷乱,终于还得落在潭溪里,凝成更闪亮的洁白颜色,随注滚下,窜过乱石隙缝,坠入涧溪了。

我是多么舍不得离开这白色奇迹啊,然而同行的朋友说:"还有更大的哪。"我随了旅行团,沿着那玲珑的涧溪,又返回灵岩寺。

说是"采石斛"表演还没准备好,我们又爬山去看"龙鼻水"。雨后的山路异常泞滑,然而仰头,那座山洞里却逼真地伏着一条细长多鳞的龙身,鼻水淋漓垂下。我们扶着那段铁缆,喘嘘地爬;在牌位后面,还看见一只"龙爪",作为头部的那块奇石,据说许多年前已为人砍掉了。

站在洞口,我们发现天柱峰的半腰晃着一个人影,岩顶还似乎有人在嚷着,山谷里发出一种细微隐约的回响。

我有些莫名其妙。当我发现峰腰那小小人影是挂在由岩上垂下的一根细绳上时,我吓得几乎嚷了出来。人影如一只困在蛛网上的小昆虫,悬在那里,踹着腿,嚷着。

"二十块钱卖一条命!"旁边有人这样叹息着。

领队招呼我们看山民的缒绳表演,并说明这不是为我们做的。我们还有更精彩的"节目"!

我们回到灵岩寺。僧人早在殿前放好躺椅,桌上盖碗里已泡好云雾茶,还有一碟碟瓜子。擦完一把滚热手巾,忽然,我发觉天柱峰和展旗峰峰顶之间系起一根绳,纤细隐约有如远天的风筝线。

我仰头张望着,正奇怪谁有这胆量爬到那"天柱"顶尖去系这绳子呢,突然,空中又起了一阵微弱的喊嚷。这时,我才看到这耸拔峭岩的崖角,蠕动着几个人影,直像是一片片为风吹动摇撼着的树叶。

于是,我们的节目开始了。

"节目"是怎样一个不符事实的名词,这是拿生命当把戏

雁荡行(节选)

来耍啊！我几乎不愿再回想那蝙蝠般的黑影，因为那原是个人，却微小得像蝙蝠，四肢伸张挣扎得也像一只蝙蝠。

然而为了摹想那峰巅的高度，你还得记住这是只小蝙蝠。一声吆喊，这细小黑影由天柱峰顶巅滑下来了，滑到那细绳上，悬空挂起，而且，向对面山峰蠕动着了。

（这时，我才明白这"节目"的表演者是要由天柱峰沿了那细绳爬到展旗峰尖，不说那险劲，这口气力也近于不可信了！）

然而那小小黑影这时离天柱峰又远了些。天阴得那样惨灰，衬托着这在天空中挣扎的小生物，挥动在灰天里的四肢几乎连成黑黑一团，由那缓慢的蠕动，我几乎可以听到他的喘息，看到他筋骨的痉挛。也许他没心去嘀咕了，然而他的心就能不蹦跳吗？

蹦跳的却是我的心。

爬出十几丈远，那黑影还"表演"哪。他在那根细绳上翻筋斗，侧身做安卧状；更骇人的是，他踹蹬着他的脚了。我虽看不见那绳子颤动，却担心他会从半空中坠落下来摔个粉碎。

他又蜷起双腿，向细绳中腰移近。边爬着，还边顺手掷下一些碎片。那碎片依恋地陪着他在半空盘桓一阵，随后向下飘落，不知什么时候才坠到地面。

那只小小蝙蝠这时攀到细绳中腰了。像生在青癯脸庞上的一颗黑痣，灰灰天空停留了这么一个黑影。我以为他疲倦了呢，他却还向我们嚷着。僧人唯恐我们听不清，告诉我们空中那个人问："拍照不拍？"他想得多周到啊！

他又翻起筋斗来了，并且点放爆竹。訇的一声，山谷里发出清脆的回响。他放一只，还向我们招招手。

连响几声，他又有了新主意。他悬空假装憩坐势，还用极安闲的姿势吸着烟卷。他是用装出的闲逸来陪伴安坐在地面上观者的真实闲逸啊。

过后,他又唱一阵似乎军歌一类的调子,声音细微辽远得不易听清。然而不吉利啊,我即刻想到了葬歌,甚而赴刑场途中囚犯的狂歌,也是那么硬凭胆量表现出的一种镇定。他外表做得越是安闲豪迈,旁观者的痛苦也越加深重。

摆弄了一会儿,突然,空中发出一阵连续的响声。他把一挂鞭炮系在绳上,燃放了。鞭炮越响越短,谁能想象一个"假使"呢?

为了取悦地面上嗑着瓜子的观众,他真是把生与死当成两颗石球,玩在手里,抛掷着,戏耍着,永远溜在二者的边缘上。

好容易,他滑近展旗峰了。我眼看他一把把抓到绳端,看他拽住崖角一棵松树,我才松释地喘出一口气。

三十分钟,时间像是在我神经上碾了一场磨,我头痛、眩晕,我倒直像是才由半空落下,脑际萦绕着刺骨的摇晃的回忆。

我们在山脚等着,等着,终于看到这位英雄了。他有二十多岁,短打扮,满身是栗色的健实肌肉,一脑袋疤痕,一脸的淡漠笑容;腰间系着一个铁丝缠的围圈,肩上背着一束绳子。他告诉我们,自己叫万为才,又指指身旁一个吧嗒着烟袋、沉默不语的老人,说是他的师傅周如立。还说这两峰的高度有人测量过,都是一百二十五丈零五尺。

归途,山道上迎头走来一个不到十岁的幼童,肩上也背了那么一束绳子。一问他,说是才拜师傅的小徒弟。"采石斛"原是乡民为了采这种药材而攀登悬崖,如今竟成为用来换饭吃的绝技了。

三　灵峰道上

　　天色近晚,谷里尘雾迷蒙,一片冥冥的白烟由地上腾起,向着峰顶凝集。且有一股狰狞的乌云,四下散开,山雨眼看将要扑来。

　　面着那低低压下来、诡诡谲谲的重云,不免望而生畏,然而我们人多,终于还是全副雨装,个个怀揣电筒,迈出了旅社的门槛,沿着那涧溪东进。

　　走过响岩,一位旅伴抱了块山石,涉着溪流,去敲一下那巨岩,直好像巨岩发了怒,小小的山石竟能击出隆隆的声响。

　　我们走过许多古怪山峰,将军抱印、朝天鲤、听诗叟、睡猴、卧蚕;道旁有栽好的箭头,上面指明那些奇峰的方向;但是到现在,我仍能记得起形状的,却只有那老猴披衣了。

　　出了净名寺,我们便踏上诸峰的夹缝。矗立在我们左右的净是盘踞起伏的层峦叠嶂:莲房、金鼎、蝙蝠、玉杵,把阴沉沉的天空遮得更晦暗、更低矮了,而且,遮得只剩那么小小一块。山坡上遍是桐树,粉色的花,衬着苍黑的岩石。

　　转过帽盒峰,忽然,我们头上那块灰天变得更暗了,而且成了窄长的。这是哪里啊?壁立在我们左右的是两座高入云霄的巉岩,黝黑、斩齐、耸拔,直像是一斧劈成的两道巨墙。

　　我们夹在这蔽天的巨墙中间,仰头望望那峥嵘的峰头,忽然忆起屠格涅夫散文诗里那篇阿尔卑斯山双峰的对话来了。同行的人发现了这巨墙的名字。还得谢谢那箭头,我们知道它叫"铁城阵"。

　　深山里的洞窟最引人缅怀原始生活。我们蹑手蹑脚地走进维摩洞,幽深,僻静,心里默默地摹想着史前时代。

中折瀑的地势有点像一只大瓮,四面为参差岩石所环抱,瓮口还有灰暗云雾蒙盖着。瀑布不算大,瓮口距瓮底却极高,下有碎石小潭。瀑布倾注而下,隆隆震出一种郁闷浑圆的响声,至为怕人。这时瀑布又为瓮口外面的风吹得忽东忽西,飘摇不定,直像是在逞着本领。

归途,山雨终于赶到。摸着黑,我们文明的手电筒权充作原始人的火炬了。

次晨,去散水岩的道上,转过玲珑岩,沿着鸣玉溪前行。横在天边的是一簇奇特剪影,嵯峨环列,直像吆喝一声截住我们的去路。有的拔地而起如幼笋(蜡烛峰),顶尖处还安着个朝天龟。在这丛起伏的冈峦上,还矗立着鸵鸟峰、宝印峰、金鸡峰、伏虎峰、犀牛望月;名称虽是当地人起的,那奇形怪状也太逼人引起实物的联想了。

由此跨过谢公岭便是去石门潭的路。这座纪念谢康乐曾攀登过的名山,本身是没有什么稀罕的。但爬到山尖,下眺山脚田野阡陌,黑绿相间,真是一幅别出心裁的图案。

越过山脊,老僧拜石的远影渐渐出现在眼前了。雁荡许多"象形的"山名我都不服气,单独老猴披衣和这老僧的形状,真酷似一尊石膏模型。谁个大手掌拿一座高山做泥团,捏得这么惟妙惟肖啊!

下了谢公岭,隐在一片苗茂竹林里的是东石梁。洞幽深而且阴冷,岩缝涔涔滴水。上面筑有三层楼阁,突出洞外。石梁便蜿蜒横在洞口,如一巨蟒。

我们一鼓作气登上最高一层楼阁。二十只脚咚咚地踩着单薄的木梯,那声音是够大的,更何况好事的旅伴又把铜罄和

雁荡行(节选)

木鱼一齐敲打起来呢！敲得黑黑洞窟里，那位菩萨的金身也像惊慌得闪了亮，善良女人型的脸上仿佛溢出笑容来了。一对陈旧的灯笼，一串罩满积年尘埃的银纸元宝在摇晃。嗅着那浓烈的檀香，承受着岩缝滴落下的沁凉水珠，幼时许多回忆夹着那恶作剧般的磬声向我接连袭来了。

去石门潭要走很远的路，而且沿途净是狭窄的田塍，泥泞不堪。然而一走到大荆溪畔，便觉得这段路是值得跋涉的了。

正如我不懂得为什么有的山是一堆土，肥如一头母猪，有的却一身嶙峋怪石，崇高傲慢，我也为流水的颜色而纳闷了。不能说是天空的反映，压在我们头上的明明是万顷灰天，疏疏朗朗地嵌着些碎朵白云；然而横在我们脚前的却是那么清澈，那么碧澄澄的水，清澈到看得见溪底石卵隙缝的水藻。两岸枫枝上晒着一束束金黄的麦梗。这时，一只竹排由上游浮来。顺流的水拖着小小竹排，排上的渔人闲怡地坐在一只小板凳上补着渔网，水上印出一幅流动的鲜明图画。

我们登上靠岸的一只摆渡，那老渡户把我们载到对岸的石滩上。受山洪冲刷的卵石在我们脚下挤出细碎笑声。

方才那道溪水绕过石滩，终于为两座壁立的悬崖夹起来了，狭窄、坚牢，果然是座石门。我们爬到左边那面崖角，下望石门潭，澄爽碧蓝如晴空，只有梦里才会有的颜色呀！摹想在满天星斗的夜间，由崖角跃下，骤然一声，坠入这青潭，冒出一个蓝色水泡，即刻为疾流卷去——雁荡山人蒋叔南正是这么死的。听本地人说，是因为他修桥补路，管教了山川，却没管教好膝下的儿子。

我们原路折回，赶到灵峰禅寺饱餐一顿。

听名字，灵峰禅寺照理应是座古旧的庙宇，然而这四个隐士的字却写在一座洁白整齐如一学生宿舍的门楼上,横排上下两层楼都是单间卧室,远望近观都没有庙寺的气象。同行的人戏呼它为"灵峰新村"。

观音洞是夹在两崖的掌缝里,远望细窄几乎容不下一人腰身;攀上石磴,才知道洞里依岩势赫然筑起九层楼阁。由洞缝外望,诸峰拱立,天地一览无余。

我们走过那些宿舍,登上最高一层佛堂。缝岩也滴着水,观音金身端然坐在巨龛里。积年的蜡扦淌满了烛油。我们喝着小沙弥泡的清茶,读着壁上万历年间的碑文。不知谁在佛前皮鼓上轻拍了一掌,洞里即刻震起一阵隆隆如雷的响声。

山洞之前,有人在洞口崖石上发现了一面土地岩,迎着洞外天色侧看,俨然是一尊就洞石天然雕成的土地爷。正面看去,却和别处一般凸凹,看不出一点棱角形象来。

在北斗洞里看了一些拓墨。下山时天色已近暮,立在果盒桥畔对灵峰重新回顾一眼:怪峰耸拔,清流急湍,真是壮观!

四 银白色的狂颠

沿着山谷里一片金黄麦垄西进,灵岩诸峰这时多浸在白茫茫的云雾里。山坡上开满野杜鹃,栗鼠夹着湿漉漉的尾巴,在那嫣红的小花丛中蹿跳。松塔向上翘立如朱红蜡烛,松针上垂挂着一颗颗晶莹的雨珠。山妇光着脚站在道旁涧溪里,采着溪畔山茶树上的残叶。幼竹比赛着身腰的苗条,蚕豆花向我们扮出一张鬼脸。这时,天空还有一只鹞鹰在庄重地打着盘旋,像是沉吟,又像是寻觅着遗失在天空的什么猎物。

过了灵岩村,我们对着泛滥在观音峰巅的云海出神了。

山

幼时我常纳闷天下云彩是不是万家炊烟凝集而成的呢,如今,立在和云彩一般高的山峰上,我的疑窦竟越发深了。我渐渐觉得烟是冒,云彩却是升腾。这区别可不是字眼上的,冒的烟是一滚一滚的,来势很凶,然而一阖上盖子,关上气阀,剩下的便是一些残余浊质了。升腾的却清澈透明,不知从哪里飘来,那么纤缓,又那么不可抗拒。顷刻之间,衬着灰色天空,它把山峰遮得朦胧斑驳,有如一幅洇湿了的墨迹;又像是在移挪这座山,越挪越远,终于悄然失了踪。你还在灰色天空里寻觅呢,不知什么时候,它又把山还给了你;先是一个隐约的远影,渐渐地,又可以辨出那苍褐色的石纹了。然而一偏首,另一座又失了踪——

隐在这幅洇湿了的水墨画里面,还有一道道银亮的涧流,沿着褐黑山石,倒挂而下。

走下竹笋遍地的山坡,含珠峰遥遥在望了。

照日程上预约的,今天有五个著名瀑布在等待我们哪。

走进巍峨的天柱门,梅雨潭闪亮在我们面前了。潭水由那么高处泻下,落地又刚好碰在一块岩石上,水星粉碎四溅,匀如花瓣。

由梅雨潭旁登山扶铁栏,跨过骆驼桥,罗带瀑以一个震怒了的绝代美人的气派出现了。她隆隆地咆哮,喷涌,抖出一缕白烟,用万斛晶珠闪出一道银白色的狂颠。然而凭她那气势怎样浩荡,狂颠中却还隐不住忸怩、娉婷,一种女性的风度。看她由那丹紫色的石口涌出时是那般凶悍暴躁,泻下不几尺便为一重岩石折叠起来。中股虽疾迅不可细辨,两边却迸成透明的大颗水晶珠子,顺着那银白色的狂颠,坠入瀑下的青潭。

立在山道上"由此往雁湖"的路牌旁,我们犹豫起来了。忆起中学时候,在教科书里读到的"雁荡绝顶有湖,水常不涸,雁之春归者留宿焉,故曰雁荡"那段话,望望隐在云里的峰尖,觉得不一访雁湖真太委屈此行了。然而领队坚持雨后路滑,天黑才能赶回,万万去不得。为了使我们断此念头,还说那湖面积虽大,却已干涸了,下午可以拿仰天窝来补偿。我试着另外约合同志,终因团体关系,只好硬对那路牌合上眼,垂头丧气地循原路下山。

　　踏过一段山道,又听见猛烈响声了。这声音与另外的不同些,它对我却并不生疏。在我还不知道已到了西石梁时,便断定这是悬濑飞流的瀑布声了。

　　梅雨潭的瀑布坠地时声音细碎如低吟,罗带瀑则隆隆如吼啸;为了谷势比较宽畅,西石梁飞瀑落地时嘹亮似雄壮的歌声,远听深沉得像由一只巨大喉咙里喊出的。走近了时才辨出,巨瀑两旁还有晶莹水珠坠下,在半山岩石上击出锵琅配音来。

　　太阳虽始终不曾探头看看我们,肚子这只表此刻却咕噜噜鸣了起来。算算离晌午总差不多了,便在瀑布旁吃了午饭。一顿饭,两眼都直直望着门外悬在崖壁上的"银河"。我吃得很香,很饱,但却想不起都吃些什么了;只记得很白,很长,滑下得很快。

　　饭后,还坐在正对着瀑布的那小亭子里啜茶。一个白须老者臂上挎着一篮茶叶走来,说他的茶叶是用这瀑布的水培养的,饮来可吸取山川的灵气,说得至为动人。

　　喝完茶,我们爬上那形状酷似芭蕉叶的西石梁洞。横在洞口的石梁真像一座罗马宫殿的残迹,幽暗、僻静,充满了原

始气息。一只羽毛奇异的鸟,小如燕,翅膀抖颤如野蜂,叫出一种金属的声音,夹着洞旁隆隆的瀑布声,把这洞点缀得越发诡秘了。

洞旁有一座用石块堆成的小屋。墙隙缝里伸出一根剖半的竹筒,像只胳膊直插入由洞里流出的淙淙小溪。竹心仰天,水便沿了那竹筒缓缓流入屋里,竹心扣下,水依然流下山去。

我们正惊讶这聪明的发明呢,那小屋里走出一个道姑来,微笑地为我们搬来一条板凳。

道姑的住所很简单,三间矮房,檐下一堆干柴。一个七八岁的小道姑正抱着一束干柴走过,见了我们眼皮即刻朝下,羞怯怯地忙躲了进去。准是个受气的小可怜虫!

到了大龙湫,数小时内连看四个瀑布,眼里除了"又是一片白花花",已不大能感觉其妙处了。游山逛水原是悠闲生活,若讲起"时间经济"来,就有点像赶集的小贩了;东村没完又忙挑到西村,结果不过成为一个"某年某月余游此"式的旅行家而已。对于雁荡,我便抱愧正是这一种游客。

也许是因为水来自雁湖,论气魄,大龙湫比今天旁的瀑布都大(不幸是转到它眼前时,人已头昏眼花,麻木不仁)。而且,因为岩顶极高,壁成凹状,谷里透进不少风力。瀑布由岩顶涌出,便为风吹成半烟半水,及至再落下数丈,瀑身更显缥缈。落地时,已成为非烟非雾的一片白茫茫了;只见白烟团团,坠在潭里,却没有什么响声。

瀑布旁,褐黑岩上,刻着多少名士的题字:"千尺珠玑","有水从天上来"……然而最使我留意的,却是刻在"白龙飞下"旁的一句白话题字:"活泼泼地。"不说和其他题名比较,仅看看眼前的万丈白烟,再默诵那四个字,不免感到太煞风景了!

沿着大锦溪,走到能仁寺旁的燕尾瀑时,我只记得天上徘徊着一片灰云,山色发紫,瀑布挂在山麓,很小,像是燕尾,瀑布坠入了霞映潭。

来不及喘口气,我们又扑奔仰天窝去了。

虽然没缘看见雁湖,山上却有这么深一座小池也够稀罕了。然而它不止奇,还有它的险哪!

我甩下外衣,一口气由山脚领头跑上去,原想抢先看看这奇景。拄了根竹棍,我竟爬到了山顶。待将到仰天窝时,路忽然为一壁立千仞的巨岩截断了。俯身一看,啊,好一口无底的大陷阱。

池水是黄的,池畔的土绵软作朱红色。靠近崖角还放了张石桌,栽有两棵制造香烛的柏树。这"天池"的主人(也许是管家)是一位和善的老农,那正冒着白色炊烟的三间瓦房便是他的家。这时,他还为我们端出几碗茶来。

坐在那石桌边,仰首,周围环绕我们的净是暗褐色的山,只有玉屏峰下挂了几道银亮溪流。山谷里是一片稻田,深黄葱绿,田塍纵横,似铺在山脚的一块土耳其地毯。

虽是阴天,这却是个银亮亮的日子。躺在硬邦邦的床上,梦境挂满了长长白练。

五　一只纤细而刚硬的大手

由马家岭下眺南阁村,不过是叠铺在稻田中的一片栉比黑瓦,三面屏围高耸,一面直通远天。天空这时正有一程白云,折出灰色细纹,覆盖着这静寂的山谷。

山

走到山腰,渐渐可以辨出黑瓦下面乱石垒成的墙了,墙外是一片浅黄疏竹。一道白亮亮的小溪,接连着远天,蜿蜒钻来。它浸润了油绿的稻田,扶起金黄的大麦,沿途还灌溉了溪旁的桑麻,终于环村绕成一道水篱笆。

这时,黑瓦上面正飘了片片炊烟。

走进这村口,只见几个穿了花格短袄的女人正屈下腰身,在溪畔浣衣呢。身旁一个两三岁的孩子,伸出小指头向着岸上指点。迎头出现了一个男人,头上扣着一顶旧戏里丑角常戴的两牙青呢帽,背着一束熟麦,蹒跚走过来,看见那个小孩,脸上立即堆满了笑容。

隔着墙缝,我偷看这山村里农户的草垛堆了多高,我留心徘徊在道旁的水牯是肥壮还是瘦削;它摆摆那细得近于滑稽的尾巴,向我沉痛地叫了一声。我还同那赤脚在河滩上放羊的女孩坐了一阵。只听她抛着卵石,低唱着俚俗的小调。随了那懒洋洋的吟唱,落在溪里的卵石冒着泡,画起大圈套小圈的图案。

秋天,枫树一红,我们就把它比作火焰;我却不知道春天的枫叶也可以旺盛得像火焰,上浅下深,那么繁茂,那么升腾,真似谁在春色里放了把烈火。

我们走过人家,走过店铺,终于出了村庄西口。村口外,那片田野在迎接着我们了。

和小溪平行着,这石子路也长长地伸入绿野里,接连着辽远的天空。雏燕在溪上轻佻地掠出诸般姿势,飞得疲倦了时,不定落在溪里哪块卵石上,听不见它的喘嘘,却看得见那赭色小尾翅频频扇动。

流到章大经(恭毅)墓前,溪面展宽了。会仙峰由地平线上猛然跃起,隔着那棵硕大柳树看它,细长柳叶形成一个框缘。

当我们踩着溪里的乱石,奔向对岸的佛头村时,溪畔正停着一顶彩轿,周身闪出灿烂的珠饰。衬着四面素朴的山水,这华丽越显得鲜艳稀罕。一定是由老远抬来的,四个轿夫正歇在石上,擦着汗。几个短打扮的小伙子手里各摆弄着一个粗糙乐器,两牙呢帽下面,是一张笃实的脸。

出我们意料之外,轿帘大敞着:那穿了宽松大红绣袍、胸前扎着纸花、头上顶了一具沉重冠盔的"俏人家"正大模大样地坐在轿里;前额一绺刘海儿下,滴溜着一对水汪汪的眼睛,望着隔岸的山丛呆呆出神。那里,谁为这个十八九岁的少女安排了一份命运,像那座远山一样朦胧渺茫,也一样不可挪移啊。

许多旅伴伸手向她讨喜果。她仰起小脸来茫然望着我们,机械地把那只密匝匝戴了四只黄戒指的手伸到身旁那布袋里,一把把掏出染红了的花生糖果,放到那些原想窘她的人们手里。

今夜,她将躺在一个陌生男子的身边,吃他的饭,替他接续香火,一年,十年,从此没个散。这人是谁呢?溪水不泄露,山石不泄露,她只好端坐在彩轿里,让头上那顶沉重家伙压着,纳闷着。

大家感到了满足,于是渡过溪流,直奔佛头村而去。

走出不远,一阵竹笛和二胡交奏声由隔岸吹来。回头一看,彩轿抬起来了,轿夫们正涉水渡着溪。

由佛头村沿山道前行,便到龙溜。这是湖南潭的出口。不知是千年山洪冲陷的,还是天然长成的,浩荡的潭水临到下山时却碰到这么一块古怪岩石,屈曲十数折,蜿蜒如游龙,下为石阈阻住,水不得逞,又逆流折回,飞卷起狂颠的水花,银亮汹涌如怒涛。掷下巨石,即刻便卷入湍流,看不见石块,只听得击碰如搏斗的响声。

湖南潭有三潭。据说上潭最为幽奇,只是天雨路滑,并且还得赶程去散水岩,便放弃了。

一个薄情的游客,离开雁荡可以忘记所有的瀑布,或把它们并了股,单独散水岩,它不答应。它有许多逼人惊叹的:背景那样秀美,竹林那样蓊郁,紫褐的巨崖拔地而起,瀑布悬空垂落,脚下那碧绿潭水里还映出一条修长倒影,摇摇晃晃,散水岩好像凭一道银流,贯穿了天地。

然而使人发呆的还是散水岩自身。几天来,说到瀑布,你都意识到一个"布"的观念,可是轮到散水岩,这布便为一只纤细而刚硬的大手搓揉得粉碎了。你只觉这只无名的手在一把一把往下抛银白珠屑,刚抛下时是白白一团,慢慢地又如降落伞般陡然分散,细微可辨了。半途如触着一块突出的岩石,银屑就进得更细小了些,终于变成一种洁白氤氲,忽凝忽散,像是预知落到地上将化为一摊水的悲惨,它曳了孔雀舞裳,飘空游荡,脚步很轻盈,然而由于惊慌踌躇,又很细碎;越游越散,越下坠,终于还是坠入下面那青潭。有时触着潭边崖角,欢腾跃起,然而落到崖石上,崖石依然得把它倾入潭里。

走过佛头村一家门前,院里正挤着许多看热闹的乡民。我们好奇地探进身去,没人拦阻,于是就迈进门槛。供奉着祖宗牌位的客堂很窄小,两张方桌却围坐满了贺喜的戚友。看了我们十个人拄着棍子,一直闯进来,他们莫明其妙。

"看新娘子啊!"领头的那位在喜堂里嚷开了。大概是公公,一位颔下飘着一撮胡须的老人很恭敬又有点害怕地替我们推开东屋的房门。屋里很黑,新娘子穿了大红绣袍,直直垂立在墙角,旁边还有两个穿藕荷袄的小女孩陪伴着。

啊,新娘腼腆地抬头了,脸庞那么熟稔,不正是溪畔那乘彩轿抬来的姑娘吗?在黑黑屋角里,我依稀看见了一张泪痕斑斑的脸,喉咙里还不住哽咽着——

"新郎呢,我们也得见见!"那位不怕难为情的旅伴在门槛上敲着竹杖,又大声嚷了。幸好这时那公公已知道我们不是歹人,他很殷勤地招待人招待我们了。

厨房里,这时正煮着一大锅红饭。大师傅在灶间锵啷地敲着锅边。铁勺一响,火团闪亮,他便又完成一碗丰盛适口的杰作。我们也嗅着了一股肉香。

随着伙伴,我也登上那窄小楼梯。浙东住家的房屋大抵都是两层小楼,如今才发现二楼低矮狭窄得跟像轮船的统舱。走上楼口,由一堆稻草垛里闪出一个满面红光的小伙子,穿着一身崭新如纸糊的长褂,微笑地迎接我们。

"大喜,大喜。"我们齐向他拱手道贺。

然而他摇了摇头。顺着他的手指,我们又闯进另一间黑漆漆的小屋。在那里,才像捉蟋蟀般找到了那个新郎,年纪不过十四五岁,羞怯、呆板,而且生成一对残疾的斜眼!

一路上,我们都为那个姑娘抱屈,然而谁也无力挽回这刚刚拼凑起的安排。真似凭空落下块陨石,胸间觉得一阵郁闷。

瑰丽的山水,晦暗的人间。

1937年5月

雁荡奇峰怪石多

◎周瘦鹃

浙江第一名胜雁荡山，奇峰怪石，到处都是，正如明代文学家王季重所比喻的件件是造化小儿所作的糖担中物，好玩得很。自古以来，人们就像物像形给题上了许多奇奇怪怪的名称，脍炙人口。天下名山，大半如此，不独雁荡为然。我过分自命风雅，以为这是低级趣味，并无可取。可是一想到这是劳动人民所喜闻乐见，并且是津津乐道的，也就粲然作会心之笑，跟他们契合无间，立即口讲指划地附和起来。

山中七日，掉臂游行，在乐清县倪丕柳副县长和统战部张友孚秘书热情导游、殷勤指示之下，几乎看遍了"二灵一龙"三个风景区的奇峰怪石。好在到处还有木牌——标明，更增加了我们的兴趣。一行七人，都是老有童心的，除了评头品足，在像与不像的问题上大动口舌外，一面还要别出心裁，有所发明。例如在灵峰区合掌峰的观音洞中，依着岩壁望出去，看到了那个小小的一指观音。同时我们却又发现了一块突出的岩石，有人硬说是像一个土地庙里的老土地，而我却认为活像是一个戴着罗宋帽的上海老头儿，彼此竟引起了争论，可发一笑。

灵峰区的花样儿可真多啦！观音洞的对面，有一座五老峰，好像是五个肥瘦不一的老公公，联袂接踵地在那里走，劲头很足。灵峰寺前,有双笋峰,两峰并峙,体圆顶尖,真像是两只挺大的玉笋,清代诗人凌夔曾宠之以诗:"瑶笋千年生一芽,何时两两茁丹霞?凌空未运青云帚,拔地齐抽碧玉丫。"倒是一首好诗。寺左有一岩石,好像是一头鸡,翘首向天,因名金鸡峰,而换了一个角度,再从将军洞外望过去时,却又形似一个女子在那里梳头,因此又称之为玉女梳妆了。寺右偏后有一岩石,似是一头犀牛,正在举首望明月,再像也没有,这就叫作犀牛望月岩。在五老峰的东北,有双峰并起,似是两头大公鸡伸颈相对,分明要斗将起来,于是被称为斗鸡峰,然而它们只是做了个斗的架势,斗是永远斗不成的。

我们两度住在灵峰寺中,天天看着五老双笋、犀牛金鸡,也看得有些儿腻了,很想换换眼界。有一天冒雨上东石梁洞去,走上谢公岭,一眼望见远处有岩,好像是一个和尚危立天际,合掌迎客,据说旧名老僧岩,今称接客僧,清代曾有人咏以诗云:"大得无生意,真成不坏身。兀然山口立,笑引往来人。"这与接客的含义,倒是相近的。

从灵峰寺上灵岩寺去,在烈士墓的附近向西望去,见有一座岩石,仿佛是一头老猴子,作昏昏欲睡状,而从净名寺前东望时,却又活像这猴子披着一件长大的蓑衣,要爬上山去。这座岩旧名猕猴石,现在就称之为老猴披衣,更觉形象化了。到了灵岩寺,就望见西南方一岩巍然,好像是一个老和尚,正在拱手礼拜前面一块高耸的大石,因此叫作僧拜石,又称僧抱石,前人有诗:"说法终年领会稀,坐中片石解皈依。老僧喝石石大笑,独抱青天看鸟飞。"意含讽刺,大可玩味。

在灵峰、灵岩之间,有一座命名最雅的岩石,这就是听诗叟,远远望去,似是一位清癯的老叟,侧着头,倚着岩壁,作倾听的模样。所谓听诗,不知是听李白的诗呢,还是听杜甫的诗?清代诗人袁随园却别有高见,要请他老人家听谢朓的诗,他是这样说的:"底事听诗听不清,此翁耳壳欠分明。拟携谢朓惊人句,来向青天颂数声。"诗人说他老人家耳聋听不清,真是形容绝倒,但不知朗诵了谢朓惊人之句,他可听得清听不清呢?

我们去看小龙湫瀑布时,见有一峰亭亭玉立,婉娈作态,像个美女子模样,因名玉女峰。听说春光好时,峰顶开满了映山红,仿佛髻上簪花,打扮得更美了。因此明代就有诗人们纷纷赞美,就中一首是:"琼媛明妆爱胜游,梳云不作望夫愁。蓬松只恐人来笑,又倩山花插一头。"诗人工于想象,描写得很为生动。去此不远,又有一座岩,近项处豁然开裂,中间嵌着一块大圆石,好像含着一颗大珍珠一样,据说就叫作含珠岩。我想这也许是小龙湫的小龙跟大龙湫的大龙双方抢珠时,一不小心,把珠儿掉落在这里的吧。

当我们往看大龙湫的大瀑布,向马鞍岭进发时,刚走到灵岩附近的一个所在,猛听得领先的伙伴中,有人大惊小怪地嚷起来道:"咦,一头猫!一头猫!"那时我恰恰落后,一听之下,心想瞧见了一头猫,有什么稀罕,要是见了一头虎,那才稀罕哩。到得赶上前去探看时,原来在路旁的高坡上,有一块岩石,好像是一头大猫正跑下山来,耳目口鼻,栩栩欲活。当下倪副县长给我们解说道:"这叫作下山猫,那边还有一头上山鼠哩。"说时,伸手向对面的山上指点着。我们急忙偏过头去向上一望,果然见到另一块较小的岩石,活灵活现地像一头老鼠在逃窜,而那头大猫恰像是在向它追赶的样子,真是天造地设的一个画面啊。后来我在马鞍岭上坐下来休息时,好奇地把手提包中携带着的志书翻开来查阅一下，才知旧时称为伏虎峰，又名望天猫，袁随园又有一首五言好诗，题这一幅天然的灵猫捕鼠图："仙鼠飞上天，此猫心不许。意欲往擒之，望天如作语。"我想这头猫真是枉费心机，追了几千百年，可也始终追不到啊。

"剪水裁云别样图，年年针线寄麻姑。自从玉女无心嫁，刀尺都陪夜月孤。"这是明代诗人杨龙友的剪刀峰诗，原来从大龙湫外望时，就可看到一峰高耸，分作两股，像一柄剪刀模样。再进却又变了样，似是一张大船帆，那船正在迎风行驶，因此又名一帆峰。要是转到大龙湫前回望时，那么这座峰似乎大仅丈许，又好像擎天一柱，真可说是移步换形，变化多端了。

怪石奇峰雁荡多，这些不过是我们亲眼见到而比较突出的。此外如将军抱印、童子诵经、二仙会诗、一妇抱儿等，都是像人像仙的峰石，不一定全都相像。至于像狮、像虎、像象、像龟、像凤凰、像橐驼等牲畜的，以至像宝冠、像宝簪、像金鼎、像镜台、像茶炉、像药杵等用具的，那更不胜枚举，只得从略了。

1961年6月

虞山春

◎黄裳

一

　　第一次游常熟,已经是十六年前的事了。印象早已淡漠。只记得王四酒家的黄酒味道很好,那鲜红的"血糯"也实在甜得要命。此外就再没有剩下什么别的记忆。但也约略记得在剑门侧边的拂水岩上,的确碰上过一阵风来,水花扑面有如水雾的奇遇。

　　十多年来,从书本上逐渐增加了对常熟的认识。日益淡薄下去的印象慢慢由不少历史事实填补起来,增加了一些特异的色彩。常熟在我的头脑里也逐渐变得更有吸引力。因此,几天前朋友打电话来说要组织一次常熟旅行的时候,立即答应了。而且为了动员妻一同前往,把"拂水"的"神话",夸张了一番,说得神乎其神。

　　一早四点钟就起了床,赶到集合地点,刚好准时在五时开车。出了上海市中心,穿过北站,向嘉定的方向驶去。一路上满眼娇黄的菜花,紫红得有如一片片地毡似的苜蓿花,和一片片麦田,一块块整治得十分齐楚的早稻秧田,眼睛觉得顿时清亮起来,那空气也清新得出奇,好像在城市就根本无从享受到似的。

车过南翔，"古漪园"的大门一闪而过，不久就是嘉定。这已经不再是三百年前侯峒曾、黄淳耀们抗清死守的那座古城；也不是李流芳、程孟阳这些诗人画家聚居的水乡城镇了。它已经建设成一座近代化的城市。这在夜晚归车中看得更是清楚。电灯的行阵，汽车大约穿行了十来分钟才过完。

再下面就是太仓，是复社领袖张天如和诗人吴梅村的故里。再走就进了常熟境，桥逐渐多了起来。经过了"白茆港"，这是顺治中郑成功的水师直抵京口那一役，在长江岸侧的联络据点之一。"古里"，是有名的铁琴铜剑楼所在地……这样，头脑里的历史联想逐渐活动了起来，即将来临的虞山也显得更有吸引力。一直等到从一片平畴远处发现了淡青色似有如无的一抹远山，才惊叫起来："看，那不就是虞山！"

这种惊喜心情在看过滇黔山水的人看来是可笑的。可是有什么办法呢？在江南这一片肥腴的土地上，是无从想象滇蜀山川的风貌。于是人们看见了这样的小山，也不禁欢欣若狂了。这又可以使我们联想起一个有趣的事实。盆景，这种艺术形式就是在江南一带的城市里长大的。那原因恐怕也就在此。人们很少看见奇伟的山川，于是就只能在想象里勾画自己心目中理想的风景。借助于尺寸之地，点染，布置。但结果，这样培植起来的盆景，那气局总不能不是狭小的。就连苏州那些著名的花园，那些放大了的盆景，也不能不是这样。虽然，在另外一个方面，却达到了艺术上高度的成就。

就在这样胡乱想着的时候，车子到了常熟。进城以后就停在著名的"言子墓道"下，也可以说就是虞山脚下。

这是一座墓吗？还不如说是一座小山的合适。好久没有

山

登山的人,看见这座排了整齐石级的土山,也很有兴致地"拾级"而登了。而且流了汗,增加了喘息。这里有不少石坊,是从明清以来建立起来的。我没有抄下那许多石刻的横额和联语,总之,人们对孔子的这位得意学生是寄予了很高的敬意的。在孔门四大弟子中间,他是第一个把先生的教义带到江南来的。

站在墓顶,吹着风,可以俯视整个常熟。这倒是它很大的一个优点。可惜我们的导游并不是一个历史学家,否则他就会指点给你,在那一大片整齐清洁的瓦房中间,哪里是绛云楼的故址,哪里又是翁同龢的故第……那是会增添多少趣味啊!

二

从言墓下来就到公园里去吃茶。公园是新建的,但那山水亭榭、树木、溪池却都是多少年来培植起来的。在公园入门处,我们见识到著名的"红豆","红豆山庄"因之得名的"红豆"。可惜这只是六七尺高的一棵"样本"。

坐在溪边的茶座上吃茶。这一带很像杭州孤山后山一带的景色。那参天的古树,那曲折的溪流,那高低起伏作势的山峦,都十分像。这原来不是一朝一夕可以培植起来的。只可惜不知道从前这曾经是谁家的园圃?

提前了的午饭是在"王四酒家"用的。地方还是老地方,不过已经修饰一新了,楼上柱间悬挂着翁同龢晚年所写的一副对联:"带经锄绿野,留露酿黄花。"是刻在木板上,嵌了绿的。这怕是翁的晚年书法进入化境以后的最佳制作,比起后来在兴福寺里所见的一联高明多了。他是写苏字的,但又有一种颓放的腴美。好像一个吃醉了的胖老头儿。

同座的一位朋友,他的祖父是曾经作过昭文县令的。其时正好是戊戌翁同龢"放归"之后。他负有"管束"之责。但一个小县令又怎能去"管"一个退归林下的大学士呢?那办法也很妙。大约每月一至二次,由县官公服坐了轿子去拜访这位大学士。而主人则不得挡驾。入座喝茶,胡乱谈上一通,告辞,然后由知县向上司递一个"翁同龢不曾生事"的报告,就完了。据说这位"常熟相国"晚年是经常住在"山里"的,其实就是山脚的花园里。但每月也必回城里住一两天,就为的是接受知县的"拜谒"。这位县令还请他写过一副对子,据说过了两天就很快地送来了。我也曾经看到,上款是某某公祖大人之类很恭敬的称呼,但那字却拘谨得很,远远不及"酒家"里所悬的一联飞动而有姿媚。

饭吃得并不满意。原因是油太多了。这里生产一种很著名的"松菌油",的确是一种名物,散发着松子的清香。可惜的是每个菜都大量地使用了这种油,这就使人们有些望而生畏。本来打算来吃些清淡而别致的菜蔬的,得到的却是浓重而一般的食物,这就不能不使人失望。

但那桂花酒却很出色。甜、香,隐隐有一种桂花的香气。

三

在没有太阳但颇郁闷的中午,开始爬山了。这就使那原来并不起眼的虞山,变得有些了不起,虽然说不上是怎样的崇山峻岭,想一口气登上绝顶,也还需要花一些力气。

前山是并不出色的。特别是到了"齐女坟"前那块平衍的

山坡上时，更感到枯燥。没有树，只有小小的幼松，此外就只有沙砾。但在这儿已经可以看到山脚下的田野和两块明净如镜的湖水了。看起来正像翠绿斑驳的丝绒毡子上面镶了两块透明的水晶。很有不少帆船，在湖面上恰似一束束黑色的流苏。导游说："这是尚湖。"好不容易才辨清了那浓重的土音所表达的字样。尚湖！啊！在吴梅村的诗句里曾经出现过的，春暖尚湖花的尚湖。湖水的确是美，完全不曾辜负诗人送给她的华丽的辞藻。

　　正像一个刁钻古怪的美丽女人，永远不肯爽快地正面向人一样，虞山的胜处，就正是爬过了那平淡无奇的岗峦之后才能窥见。剑门、拂水，一下子都在眼前了。的确是突出的清秀，是一种几乎有些清冷的秀丽。那些峭壁，那只有一线可通的、在峭壁上绽开的"剑门"。更奇妙的是展开在这一片峭壁脚下的一片锦绣般的田野。尚湖，在这山巅高处是看得更清楚了。在飞机还没有发明的古代，人们也只有从这样的高处才有可能鉴赏祖国的锦绣山河。难怪杜甫会唱出"会当凌绝顶"那样的诗句来对大自然发出充满喜悦的惊叹！

　　剑门，就在那山崖上面，嵌着两个朱红的摩崖大字，还是明代嘉靖中的石刻。站在只有几尺宽的山径上，要仰起头来才能仔细地看到它，而再一曲身，就是"下临无地"的空旷。

　　这不禁使我想起也是十多年前的记忆来。同样也是一个阴阴的天色，但不是初春而是晚秋，我曾经走过四川的那个有名的"剑门"。那才是真正的"剑门"，那个"门"是两片奇峻的山峦组成的；不像这里，只是出现在一片山壁上的一条缝隙。过那个剑门的时候，我曾经暗诵着陆游有名的诗句："此身合是诗人未？细雨骑驴入剑门！"现在就不禁又想起了它。也就在这时,脸上感到飘拂着清凉舒适的雨滴了。

四

来不及细看什么"拂水",赶紧躲进"报国禅院"别院禅堂里去听雨。这是既扫兴又有趣的。山中遇雨固然是增加了困难,但登"剑门"又怎能没有"细雨"呢?

不需要好久,"细雨"已经变得有些近似大雨了,虽然还不曾到达"倾盆"的程度。

喝着寺里淡淡的本山茶,听着有一搭没一搭的"神话",忽然想起过去有些文人写下的虞山游记,不禁有些好笑了。就连生活在清初的尤侗,在一篇虞山游记里,不但十分夸大地描写了这儿的风景,而且还说这座寺院就是当年钱牧斋的"拂水山庄"。记得后来有什么考证家根据记载纠正了尤侗的谬说,其实用不到考证,只凭常识也可以断定这种说法之无稽。

钱牧斋虽然"风雅",总也不肯把别墅造在这里。他还不是不食人间烟火的"超人",柳如是怕也不肯在这里久住的。不但饮食、使用等供应不便,也实在没有什么好玩,活动地区太狭小了。如果整天坐在剑门下面去望尚湖,也必然无趣得很,而且不要很久,就会弄得头昏眼花,弄不好还会落得一个怔忡之疾。

还有一个很好的证据,是不久以前友人摄赠的一卷《月堤烟柳图》。

这是柳如是的作品,前面有钱牧斋的题跋。她描写的只不过是"拂水山庄"的八景之一,画里面有长堤、小桥、桃柳、楼

阁,柳荫之下还停泊着一只小船,这无论如何不可能是山顶上的格局。看起来所谓"拂水山庄",多半还是在虞山之麓,虽然不能确指,像那公园左近一带,就很有可能。只有书呆子才会相信什么"入山唯恐不深"的鬼话,钱牧斋虽然口口声声说什么"投老空门",但要他和和尚们一样住在庙里,怕是办不到的。收起租米来就不方便,更不必说交结官府包揽词讼了。

这样想着,想着,窗外的雨却越来越大了。终于听到了和尚的警告。看样子雨是不会停的了,而时间越久,山路就越滑,下山就越困难……

这倒是十分别致的经历。当我们从后山小路冒雨下山的时候,尝到了很不平凡的滋味,倾斜的,几乎没有路径的,长满了各种树木草丛的山道,是那样难于伺应,往往要拉住了丛树的枝条才能放心地滑下去。但偶尔驻足休息时,就又看见了奇妙的景色,满山的浓绿一经雨洗都泛着油亮的光泽,山腰是一片迷蒙的雾,像围了一束轻绡……

等回到"破山兴福禅院"时,人们身上几乎都湿透了。

这雨,的确落得有些扫兴。它打乱了原来的计划。本想拜谒新近发现而且重修过了的黄大痴墓和吴渔山的"墨井"的,也打消了念头。只在一家著名的有着几十年历史的菜馆——山景园里吃了刚刚上市的鲥鱼,就上了汽车。

雨,洒在公路上,洒在长着茂盛的农作物的田野里,洒在新兴的近代化的城镇上空。当暮色逐渐袭来时,当汽车从黑暗中驶近布满灯火的嘉定、南翔的外缘时,可以看见车窗玻璃上面布满了闪光的水珠,城镇的灯火也变得红红的了。没有这雨,是不会为夜晚归途增添一重朦胧的诗意的。等车子重新驶入黯黑广阔的田野时,就又猛地听见欢畅的带着金属意味的震耳蛙鼓。不用说,夜雨也为它们带来了很大的愉悦。

1962年

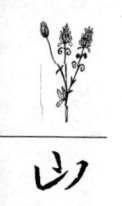

满身云雾上狼山

◎陈从周

我来游兴未阑珊,小径红稀花正残。
犹有风光笼眼底,满身云雾上狼山。

积习未消,每有所感,总凑上几句,聊将那时之情概括出来,他日翻翻,也许可以勾起一些回忆。

初夏天气,小雨蒙蒙,我上了南通狼山。这里我已是第五次来临,印象一次比一次深刻,此来恰在雨中,这是过去未曾享受得到的。狼山我誉之为长江的"明珠",苏北的一个大盆景,临江的一面是水石盆景,向北的一面是树石盆景。而南通呢?更有长江、濠河、五山(黄泥山、马鞍山、狼山、剑山、军山)、三塔(支云塔、文峰塔、天宁寺塔),有这些优美的条件,形成了既是水乡城市,又是山林城市。

五山以狼山为主峰,绵亘于长江北岸,故南望风景特佳,为长江南岸其他名山所不及者。我说山不在高,贵在层次;水不在深,富有湾环。而云烟变幻,益显幽深,此五山平地崛起,屹立大江之滨,狼山耸翠入云,支云(塔)冠其巅,可称名副其实。其东龙爪岩深入江中,削壁危岩,惊涛拍岸,我们到时正风劲云浓,卷起千叠雪,江山确是如画。东坡先生当年夜游赤壁,写出传世名篇,我这支秃笔何能描其万一,只好拿起照相机,使劲拍了几张照片,然而画面的静景,又怎能表达真实的波涛动态呢？

"入山唯恐不深，入林唯恐不密"，前人已道破了山景之美的要谛。山要深，林要密，大山可得之天然，小山须仗之安排，故曲径小道，古木丛竹，皆补疏之法，而天时却更多生色，这次我到狼山脚下，白云深处，隐见山巅，而支云塔半在云中，半在天际，翘首仰望，滴沥入颈，至于足下苍苔，欲伫难宁，缓步登山，时喘时息，及巅如在层云顶矣。小山能有此境界者，不可多得，故游览一事，不必拘于晴空，而晦明风雨，各臻其妙。

狼山南畅而北幽，南宜春，北宜夏，北麓的石壁真是"绝唱"，正视之宛若一个石屏，须静观，因其北向，故森严特甚，其下古木瘦挺有拔地百尺者，冷翠侵衣，清泉沁人。张謇生前筑别业于此消夏。我们啜茗廊间，松风时至，爽生两袖，鸣禽流莺，时夸得意，城市之有山林若此者，唯南通得之。

城区的濠河，被人称为南通的"项链"，形容得很形象，一个城市占有一千二百三十亩的水面，堪与北京的"三海"媲美了。它原是护城河，而今垂柳依人，间有亭榭掩映，如果此后沿河建筑能因水成景的话，那真是东方威尼斯了。南通市的明静是与濠河之水分不开的。

南通与江南的常熟遥遥相对，离上海不远，是上海的近邻，今后从吴淞口快艇往游，不但江上看山，信步游山，而河光(濠河)园景(南郊公园)亦一列在目，春秋佳日，乐事从容，则又何必一定大家挤上苏州、无锡呢？祖国之大，美景无穷，犹待我们去开发，我们要仔细着意地去经营才是。

1980 年 6 月

游太保山记

◎周涛

　　那天究竟是怎么不知不觉就走进太保山的呢？本来只是晚饭后，散散步，却不料与这座山邂逅，一步步地走进去，被巨蟒吸住的青蛙似的，从黄昏暮色一直转悠到星光垂地，坐也没坐一下，竟不觉累。

　　事后桦吹牛说，凭着他的后脑勺就能感应到哪个方向该去，哪个方向没意思。桦是诗人，我相信诗人的后脑勺胜过相信某些人的眼睛。

　　两位女士却说，咱们和这座山有缘，连问都不用问，那山好像是自己走到面前来的。

　　其实是最先看见一个人模样古怪地从那个方向行来，因为远，看不清晰，只见那厮行状落拓不羁，留着长发猛髭，正大张四肢旁若无物地横行。

　　我说，你们看那个人，猜猜是痞子还是艺术家？

　　大家说，当然是画家了。

　　话音未了，那人已近咫尺，突然蹲在一个饭馆门前，抓起弃在地下的脏菜剩饭，傻笑着填进胡子里。这时才看出，大约是一个精神病病人，形同乞丐，然绝无乞丐之卑琐。远远望去却有精神高扬四肢伸展之艺术家风采。

　　众人叹曰：所谓艺术家，在有些时候正是远望如精神病人近看似乞丐罢了。精神上高扬舒展，未必物质上也高扬舒展。不过既要舍身饲艺术之虎，也就顾不了许多。

然后顺着那人来的方向走过去，不远，就见到耸立的牌楼，上面的匾额里正坐着三个打禅的和尚似的"太保山"三个字，非常书法。古雅的石阶像韩信当年一般从牌楼的胯下钻过去，一级一级升高，隐没在山林间。

阶畔颇清爽，有闲坐游人五六个，树间挂着两笼画眉。人是悠闲稳坐，两只鸟却叫得鸣啭清亮，仿佛是在参加通俗歌手大奖赛，坐着的一排老人是评委。凑近细看，这两只"歌手"确是不凡，全生得体态饱满，孪生似的眼睛上面的眉——真是宛如画上去的一般，还留着笔墨痕迹！画眉，画眉，原来并不是白得的名目，禽鸟野兽之类，有几个是配长出眉目的呢？

这就引到了牌楼下面，两柱楹联，一块古匾。读了说明，果然为古时一位官员加封太子太保后在此修建。太子太保这名目，也还算好听，比英雄模范、积极分子听起来有味；虽说明知是封建皇帝为了诱人替其效力所设的名目，但是不滥，所以还有点小魅力、小余味。山上有座武侯祠，据说有些规模，堪与陕西关中的、四川成都的，并提。

好吧，大家说上去看，没趣就回头。本来咱们只是散散步，又不想游山。至于武侯祠，这几个人里没一个是当丞相的料，何况现今也不是三顾茅庐的年代呀。诸葛亮要在今天，别说当丞相，就是谋个区上干部，也得往县人事部门跑断几条腿。坐在茅庐里干等，没门儿！所以说，诸葛孔明那一套是过时的经验，他当不了当代青年的楷模啦！还是李贺比较清醒，他早就看透了："试往凌烟阁上看，若个书生万户侯？"

但是云南的这座太保山,你不佩服不行。满山是古木苍翠,新草盎然,仿佛专等着修名祠古刹,做公园胜地。特别是黄昏时分,光亮未尽而人迹简约,山林谷径空静,就像正等着你。"你将怯怯地不敢放下第二步,当你听见了第一步空寥的回声。"你若是半途折回,就对不起这一片若谷的虚怀,这一番专设的宁静。何况,石阶是那么曲折有致,又那么长短适足,缓缓登上去,只要不急,并不气喘。

树还是天然的好,所幸这山的树都是天赋;树是天然的而且古老的就更好,那两棵老榕树,还有数棵古樟,看过去就让人肃然起敬。那些裸露出来的苍迈粗大的根须,令人不能不觉得它们的岁数肯定比这座山的岁数还要大。这种树,与其比为老人,不如说是活着的一部无言的地方志;它们站在这半山上,什么没看见呀!它们长得既高,浑身又都是树叶的耳朵,空谷回音,风做信使,什么没听见呢?只是不说,静静地站着,让自己更高、更粗大,直至奇迹般地躲过斧斤,最终成为战胜斧斤的伟人一般的树。这就是生命的伟大状态。它们原先也是普通的籽种,一般的小树,但是最后它们留存下来,以非凡的毅力和侥幸跨越了时间,矗立成一座呼吸着的巨碑,纪念着生命的耐力和仅存。有时候,仅存就是伟大。

路上遇到些亭榭,有水泥亭,有木头亭;水泥亭不好,木头亭还好。最好是简朴的草亭,像宋人山水画里的,方可搭配在这等山中作景,不至败坏。

还遇到些游人,寂寥无声,三两或孤独,百米可逢。石上有少年坐读,有男有女,然不混杂;径上偶有老人缓行,中山装、灰白头发,望之儒雅。

我们边走边猜测道,在这座山上读书的少年,长大要是考

了大学或留洋,思乡的心绪一定格外浓重。从这里读出去,什么样儿的繁华能俘虏了他们的心呢?山野的气韵一旦渗入骨髓、透彻肺腑,就很难再适应别的生存环境了。人生可不敢像树那样扎根呀,那是种下了挪不动的痛苦。

往上一拐,松柏森森地拥簇出一座山门。红墙琉璃瓦,青砖古梁木,倚着山势显出居高的威严,甚有皇家气象。若是脑子里一走神就会以为是在北京的什么历史古迹间行走。这时暮色已经从山下跟上来,涂染得松柏更乌,山门更幽深;仿佛你一眨眼,就会在山门旁闪出一位黄袍主持,垂首弯腰,一手捻着佛珠一手掌在胸前……他本来是应该站在这个位置的。穿过这座历史隧洞一般的山门,眼前现出一片平敞,建着一座漂亮的公园。沿山的崖坡上有回廊,站在回廊上俯瞰,山下景致清晰——如烟的晚色正在山谷游移,仿佛正迟疑着不知从哪条路上山更快捷;重叠的山丛环环相扣,接合得天衣无缝,全都青翠无穷地把目光诱向更深处;路是白色的,洁净地伸进丛林和山坳,被遮蔽或现出一段;山谷里正躺着一座学院的全身,主楼、花圃、环形道路和附属建筑,在俯瞰时全躯摊开,历历在目一张设计图纸,使人看出设计师的构思。

象脚鼓和铓锣的声音从山下传来,隐隐约约、慌慌忙忙,宛如一个低嗓子和一个高嗓子、一个慢性子和一个急性子在一块儿走着、叫着、嚷着、吵着,去宣布什么消息或发布什么动员,混杂出一种沉稳的节奏和躁动不安的情绪……这才想起,泼水节快到了。

借着最后的天光,桦正盯着回廊柱子上的一个齐眉处看。这儿有一首诗,他说,好像是用指甲刻上去的,浅白印痕,字也歪歪扭扭,没有署名。诗云:

月圆人孤独,清酒不知味。

今宵虽沉醉,明日还伤悲。

清酒,桦说,瞧这个词用得多雅。

我说,当然,酒是大自然的血清。这话不是我发明的,是老诗人绿原的一句神释。

女士们却认为,月圆的孤独不是月的圆满,而正是孤独的圆满。

禅乎?警世恒言乎?醉话乎?失恋青年之颓语乎?雪泥鸿爪,题空留白;暮色天光,人去廊空;不谐韵律,绝非书法,藏之名山,刻于朽柱;心有灵犀,望之悚然。

这光景,几个人已经觉得与这座太保山"神遇"了。

那么武侯祠还去不去?大家说:去!又不远。结果一看,亏是去了。

光那坐守着红门的老头就不一般,长得和古人一模一样,那份气象,不是城市里看自行车的老头们所能比的。里边那才叫幽静,没有一个游人,只有我们。暗香浮动月黄昏,保山城外柏森森;鹦鹉架上闻人语,金鱼缸里游灵神。彼景俨然员外宅,此刻恍惚聊斋身;若是孔明真有义,漫拨瑶琴论古今。一步一步,听着自己的足音走进去,我几乎可以酿出这样一首律诗来,因为这地方只有古诗才堪相配。生着绿苔的铜炉,月下黝黑波亮的池水,题着杜诗的古色古香的墙壁,还有厚重的高门槛,镶着石子的小径和满园的奇花异草、古木苍枝……它整个儿酿成一个氛围,造就出一种文化,这就是中国古代文化独有的气味儿,它超越了孔明个人的意义,而是,重现一角缩影。

我不由感叹道,所有的这类高级大庙,都有一种深藏的境界，没有学识阅历读不懂！

什么？高级大庙？桦盯着我笑起来。你还真会用词，能当超级市场那么管这叫高级大庙吗？这是祠，不是庙，还不是庵，也不是观，懂吗？

这谁不懂。说完，我也哈哈大笑起来。

转了一大圈儿，能管人家叫高级大庙，真行，真行……桦一路摇着头，自言自语。

下山时，全黑了。在森森的树、黝黝的山里穿行，很有情调。至山腰处，兀然现出一片城郭、万家灯火，正平展展地摊撒在眼下脚底。近在眼前，却和我们身处的山林形成鲜明的反衬，仿佛两个世界。

"尘世……"心里蓦地蹦上这两个字来。

大家都站定，看着眼下的灯火。一片星光垂落的灯海，霎时感到陌生了。

可是，它正在无声地招回我们。

武夷日记

◎斯妤

十月二十日

生为福建人,未揽武夷胜——此桩憾事早在心头缠绕多年了!

早晨,满怀着期待的激动与不安的我,终于扑进了武夷山的怀抱。

汽车在盘旋曲折的山路上蹒跚地行着。渐渐地,车窗外已不是一色单调的山水了。只见一座座突兀昂立的奇峰,竞相奔入眼底,千姿百态,苍翠逼人。有孤峭如柱的,有壁立如屏的,有尖突如笋的,有浑圆如镜的。一片离合继续的山岚中,不时绕出一曲清流,汩汩地淌着,却又忽地一转,呼啸着顺峰直奔而去……车越往高处走,越见山各峭拔,水竞灵巧,碧空下,只一派峰峰水抱流,曲曲山回转的胜景!我的心底,突然涌起了无限的柔情——这是我们的武夷山,我故乡的武夷山呵!

还是山居好,还是故土亲。这森列的翠峰,这如玉的清流,这澄澈的天空,这漫山的野花,还有故乡大地上特有的亲切气息,会洗尽一切污浊、卑琐、烦恼。而异乡闹市的车水马

龙,嘈杂喧哗,只会无端地助长这一切!

突然想起傣家少女来了——今日的初进武夷山,真有如进傣寨之感呢!还未进入风景区,目之所及,山山水水便全是这样绮丽、灵慧,这样勾人魂魄!仿佛进了傣寨,所见全是佳丽——傣家女儿个个都是美人!微黑的皮肤,椭圆的脸庞,稍稍隆起的颧骨,顾盼闪烁的大眼,还有那裹着明艳紧身衣裙的颀长身材,使她们个个都显得极其妩媚俊美!我们俏丽的武夷山,拿她们来作比,真是再恰当不过了。

山路依然徐徐蜿蜒地伸展着……忽地车子戛然停住了,原来已到了预定下榻的"九曲宾馆"!——单是这名字,就有无限的诗意与魅力!不必说四围都是奇峰峻石,九曲溪就在脚下潺潺地淌着,也不必说宾馆以溪流似的,九折分明的优美形式长列在我们面前——单是以九曲溪的名字命名,其自然、淡泊的雅士之风,就足以使我倾倒了!

十月二十一日

晨四时许,窗外还是黑压压的一片,廊上已低低地起了骚动。敲门声、唤人声,窸窸窣窣的穿衣声,急促慌乱的脚步声,交织成嘈嘈切切喳喳的一片——这一切原都是压低了的,很带着几分神秘仓皇的色彩——几分钟后,骚动渐息了,一行人急急地出了宾馆,长蛇似的往天游峰方向去了。

当我们气喘吁吁地登上天游顶峰的一览亭时,夜幕已徐徐卷去了。裸露在眼前的,是一派奇妙的景象!

山头点点,云雾重重。薄薄的、盈盈飘动的白云,波浪似的连绵而去,弥漫了方圆几十里的空间。看不见一个完整的山峦,脚下只白茫茫、飘忽忽的一片。无限苍茫隐约中,前前后后,不时有深褐色的峰尖,这儿那儿地浮着、沉着、涌着、退着。仿佛大海中颠簸起伏的船帆,又仿佛仙界里欲露还藏的琼岛。显然,千山万壑尽掩藏在这蒸腾缥缈的云海之下了!这景象,直引得人想起夜幕里掩藏着的千军万马——那样屏心敛气,静悄悄地伏着,一丝儿声响都没有,突然砰的一声,信号弹划破了夜空,于是狂涛巨浪般地呼啸嘶叫着冲杀出来!——这是怎样汹涌的云海,怎样桅尖般的山峰呵!

还有,环绕在身边的云彩是多么亲切!一片片,一缕缕,一团团,冉冉地飘来,拂我的面,亲我的额,围绕我的前后左右!把清新、浩浩、飘逸带给我,把天底下最慈的爱,最柔的情带给我——母亲!我想起你来了!这眼前身后照拂着我的白云,令我又念着你博大深厚的爱了;这团团围护着我的白云,把我又引回你的身边,引回千里外母亲温馨的怀中了——母亲呵!

——太阳融融地升起来了……突然,一阵强烈的失望袭上心头!想象中崔嵬壮阔的群山,在卸下了云的披巾之后,竟是那样的小巧玲珑!仿佛俏丽的盆景,随意点缀在大自然的案头,又仿佛秀美的桂林山水,娉婷绰约地罗列在大地的怀中。即不同于今人所说"有若华山之雄,泰山之峻",更不似古人盛赞的奇绝伟壮"真人世所罕见"——奇则奇矣,秀则秀矣,美亦美矣,然而绝谈不上雄伟博大,气势冲天!——"盛名之下,其实难副",这是怎样令人惋惜的事呵。

带着几分遗憾,我们下山了。一路上,我的脑中只盘旋着一个想法——我们的武夷山,应称作武夷山水才好。

十月二十二日

没想到,我竟过了一个最悠闲、最温柔的下午!

九曲溪,你才是武夷山的灵性,武夷水的精英呢!

一片潺潺的溪流,依山傍岬,逶迤北延,盘绕山中十数里。澄澈清莹、浓绿逼人的溪水,时宽时窄,时南时北,如同一条蜿蜒曲折的玉带,袅袅地将两岸三十六座峰岩萦绕起来。"盈盈一水,九折分明"——这是怎样娉婷绰约、怎样富于风致的溪流呵!沿溪森列的岩岫,都不是伟岸、险峻的高山,却自有一番奇峭俊秀:有逼卧溪畔的,有退坐山岬的,有临水长立的,有凌空盘峙的,一座座各具神姿。时而是跃跃欲起的卧狮,时而是脉脉含情的玉女,时而又是顶天立地的天柱。更有那破坏了朱老夫子罗曼生活的乌龟精变成的一对石龟,一上一下、极不情愿地趴在水中,神态逼真极了。这一切,都随着溪水的潆洄开合,逐一巍巍峨峨地伸展在我们面前。我们一叶轻舟顺流而下,顾盼转首、言谈笑语之间,便可将两岸的山光水色尽收眼底!

顶上是皓皓的秋阳,脚下是潺潺的流水。四围旖旎的山色中,我们的竹筏像一匹怡然的鹅儿,悠闲从容地飘浮着,行进着。淙淙的水声中,我弃了伞支颐凝坐,听船娘说古,看溪流潜行,山影水痕,尽从两侧缓缓退去,又从前方徐徐移来。一片柔和深切的旋律中,我们祖先古老优美的诗行突然涌进了我的胸襟——"蒹葭苍苍,白露为霜。所谓伊人,在水一方。溯洄从之,道阻且长;溯游从之,宛在水中央。"——真难得情景悉合如斯!只可惜白露已晞,只可惜我的恋人不是在水一方,而是在千里外的北京城!

夕阳下转过一湾苍翠的山峒,溪流突然开阔起来,湍急起来了。棕色的卵石上,哗哗哗地翻起层层卷宕的浪花,仿佛一条条争跃龙门的鲤鱼,又仿佛雪亮的跳荡的水银,闪闪烁烁,蓬蓬勃勃。更妙的是,我们轻盈的筏儿,这时也一改悠闲飘逸的风度,凌波而起,斑马一般跃过险滩,利箭一般穿过急流,叱咤着,长笑着星驰而下——我恬静柔和的心境,也被这热烈的气氛摇撼了!我击水为戏,握篙为戟,我大声地说着,忘怀地笑着,我将水儿掬入口中,我将足儿伸进溪中——我完完全全回到我无拘的、开放的童年了!母亲!假如你这时就在我的近旁,你一定要像二十年前那样,过来揽住我,用你的额抵我的脸,亲昵地说:"轻一些,轻一些,我的爱笑爱闹的女儿!"——久违的母亲呵!

溪水又是怎样的动人呵,绿澄澄,清澈澈的。时而清浅如镜,时而厚腻如油,时而潜流如泪,时而飞溅如瀑!此处彼处,远处近处,一片淙淙淙、湲湲湲、汩汩汩的水声,汇成了一支最和谐、最优美的曲子。

我真愿意长久地耽在这柔和的水上,我真愿意永无尽期地游泛在这妩媚的溪上!然而不幸的是,我只有两个钟点的幸福时光!水尽了,山穷了,纵有千百个不甘心,我也只能起身登陆了!——然而不要紧,九折分明的盈盈流水已经移在了我的心头!从此往后,我悠悠的生命旅途,将会循着她清莹、委婉、秀丽的足迹,徐徐地汇向那浩瀚的生的海洋!

明天就要起程回京了——我故乡这片明媚的山水呵,我们几时再相见?

鼎湖山听泉

◎谢大光

　　江轮挟着细雨,送我到肇庆。冒雨游了一遭七星岩,走得匆匆,看得蒙蒙。赶到鼎湖山时,已近黄昏。雨倒是歇住了,雾漫得更开。山只露出窄窄的一段绿脚,齐腰以上,宛如轻纱遮面,看不真切。眼不见,耳则愈灵。过了寒翠桥,还没踏上进山的石径,泠泠淙淙的泉声就扑面而来。泉声极清朗,闻声如见山泉活脱迸跳的姿影,引人顿生雀跃之心。身不由己,循声而去,不觉渐高渐幽,已入山中。

　　进山方知泉水非此一脉,前后左右,草丛石缝,几乎无处不涌,无处不鸣。山间林密,泉隐其中,有时,泉水在林木疏朗处闪过亮亮的一泓,再向前寻,已不可得。那半含半露,欲近故远的娇态,使我想起在家散步时,常常绕我膝下的爱女。每见我伸手欲揽其近前,她必远远地跑开,仰起笑脸逗我;待我佯装冷淡而不顾,她却又悄悄跑近,偎我腰间。好一个调皮的孩子!

　　山泉做娇儿之态,泉声则是孩子如铃的笑语。受泉声的感染,鼎湖山年轻了许多,山径之幽曲,竹木之青翠,都透着一股童稚的生气,使进山之人如入清澈透明的境界,身心了无杂尘,陡觉轻快。行至半山,有一补山亭。亭已破旧,无可瞩目之处,唯亭内一楹联:"到此已无尘半点,上来更有碧千寻",深得此中精神，令人点头会意。

站在亭前望去，满眼确是一片浓碧。远近高低，树木枝缠藤绕，密不分株，沉甸甸的湿绿，犹如大海的波浪，一层一层，直向山顶推去。就连脚下盘旋曲折的石径，也印满苔痕，点点鲜绿。踩着潮润柔滑的石阶，小心翼翼，拾级而上。越向高处，树越密，绿意越浓，泉影越不可寻，而泉声越发悦耳。怅惘间，忽闻云中传来钟声，顿时，山鸣谷应，悠悠扬扬。安详厚重的钟声和欢快清亮的泉声，在雨后宁静的暮色中，相互应答着，像是老人扶杖立于门前，召唤着嬉戏忘返的孩子。

钟声来自半山上的庆云寺。寺院依山而造，嵌于千峰碧翠之中。由补山亭登四百余阶，即可达。庆云寺是岭南著名的佛教第十七福地，始建于明崇祯年间，已有三百多年历史。寺内现存一口"千人锅"，直径近二米，可容一千一百升，颇为引人注目。古刹当年的盛况，于此可见一斑。

晚饭后，绕寺前庭园漫步。园中繁花似锦，蜂蝶翩飞，生意盎然，与大殿上的肃穆气氛迥然相异。花丛中，两棵高大的古树，枝繁叶茂，绿荫如盖，根部护以石栏，显得与众不同。原来，这是二百多年前，引自锡兰国（今名斯里兰卡）的两棵菩提树。相传佛祖释迦牟尼得道于菩提树下，因而，佛门视菩提为圣树，自然受到特殊的礼遇。

鼎湖山的树，种类实在太多。据说，在地球的同一纬度线上，鼎湖山是现存植物品种最多的一个点，现已辟为自然保护区，并被联合国教科文组织选作生态观测站。当地的同志告诉我，鼎湖山的森林，虽经历代变迁而未遭大的破坏，还有赖于庆云寺的保护。而如今，大约是佛法失灵的缘故吧，同一个庆云寺，却由于引来大批旅游者，反给自然保护区带来潜在的威胁。

入夜,山中万籁俱寂。借宿寺旁客房,如枕泉而眠。深夜听泉,别有一番滋味。泉声浸着月光,听来格外清晰。白日里浑然一片的泉鸣,此时却能分出许多层次,那柔曼如提琴者,是草丛中淌过的小溪;那清脆如弹拨者,是石缝间漏下的滴泉;那厚重如贝斯轰响者,应为万道细流汇于空谷;那雄浑如铜管齐鸣者,定是激流直下陡壁,飞瀑落入深潭。至于泉水绕过树根,清流拍打着卵石,则轻重缓急,远近高低,各自发出互不相同的音响。这万般泉声,被一支看不见的指挥棒编织到一起,汇成一曲奇妙的交响乐,在这泉水的交响之中,仿佛能够听到岁月的流逝,历史的变迁,生命的诞生、成长、繁衍、死亡,新陈代谢的声部,由弱到强,渐渐展开,升腾而成为主旋。我俯身倾听着,分辨着,心神犹如融于水中,随泉而流,游遍鼎湖。又好像泉水汩汩滤过心田,冲走污垢,留下深情,任我品味,引我遐想。啊,我完全陶醉在泉水的歌唱之中。说什么"山不在高,有仙则名",我却道"山不在名,有泉则灵"。孕育生机,滋润万木,泉水就是鼎湖山的灵魂。

这一夜,只觉泉鸣不绝于耳,不知是梦?是醒?

梦也罢。醒也罢。我愿清泉永在。我愿清泉长鸣。

山盟

◎余光中

　　山,在那上面等他。从一切历书以前,峻峻然,巍巍然,从五行和八卦以前,就在那上面等他了。树,在那上面等他。从汉时云秦时月从战国的鼓声以前,就在那上面。就在那上面等他了,虬虬蟠蟠,那原始林。太阳,在那上面等他。赫赫洪洪荒荒。太阳就在玉山背后。新铸的古铜锣。当的一声轰响,天下就亮了。

　　这个约会太大,大得有点像宗教。一边是,山、森林、太阳,另一边,仅仅是他。山是岛的贵族,正如树是山的华裔。登岛而不朝山,是无礼。这山盟,一爽竟爽了二十年。其间他曾经屡次渡海,膜拜过太平洋和巴士海峡对岸,多少山。在科罗拉多那山国一闭就闭了两年。海拔一英里之上,高高晴晴冷冷,是六百多天的乡愁。一万四千英尺以上的不毛高峰,狼牙交错,白森森将他禁锢在里面,远望也不能当归,高歌也不能当泣。他成了世界上最高的浪子,石囚。只是山中的岁月,太长,太静了,连摇滚乐的电吉他也不能一声划破。那种高高在上的岑寂,令他不安。一场大劫正蹂躏着东方,多少族人在水里,火里,唯独他学桓景登高避难,过了两个重九还不下山。

　　春秋佳日,他常常带了四个小女孩去攀落矶山。心惊胆战,脚麻手酸,好不容易爬到峰巅。站在一丛丛一簇簇的白尖白顶之上,反而怅然若失了。爬啊爬啊爬到这上面来了又怎么样呢?四个小女孩在新大陆玩得很高兴。她们只晓得新大陆,不晓得旧大陆。"问君西游何时还,畏途巉岩不可攀。"忽然他觉得非常疲倦。体魄魁梧的昆仑山,在远方喊他。母亲喊孩子那样喊他回去,那昆仑山系,所有横的岭侧的峰,上面所有的神话和传说。落矶山美是美雄伟是雄伟,可惜没有回忆没有联想不神秘。要神秘就要峨眉山五台山普陀山武当山青城山华山庐山泰山,多少寺多少塔多少高僧、隐士、豪侠。那一切固然令他神往,可是最最萦心的,是噶达素齐老峰。那是昆仑山之根,黄河之源。那不是朝山,是回家,回到一切的开始。有一天应该站在那上面,下面摊开整幅青藏高原,看黄河,一条初生的脐带,向星宿海吮取生命。他的魂魄,就化成一只雕,向山下扑去。浩大圆浑的空间,旋,令他目眩。

　　那只是,想想过瘾罢了。山不转路转,路不转人转。七四七才是一只越洋大雕,把他载回海岛。一九七二年。昆仑山仍在神话和云里。黄河仍在诗经里流着。岛有岛神,就先朝岛上的名山吧。

　　上山那一天,正碰上寒流,气温很低。他们向冷上加冷的高处出发。朱红色的小火车冲破寒雾,在渐渐上升的轨道上奔驰起来,不久,嘉义城就落在背后的平原上了。两侧的甘蔗田和香蕉变成相思树和竹林。过了竹崎,地势渐高渐险,轨旁的林木也渐渐挺直起来,在已经够陡的坡上,将自己拔向更高的空中。最后,车窗外升起铁杉和扁柏,像十里苍苍的仪队,在路侧排开。也许怕风景不够柔媚,偶尔也亮起几树流霞一般明艳的樱花,只是惊喜的一瞥,还不够为车道镶一条花边。

路转峰回，小火车呜呜然在狭窄的高架桥上驰过。隔着车窗，山谷愈来愈深，空空茫茫的云气里，脚下远远的地方，只浮出几丛树尖，下临无地，好令人心悸。不久，黑黝黝的山洞一口接一口来吞噬他们的火车。他们咽进了山的盲肠里，汽笛的惊呼在山的内脏里回荡复回荡。阿里山把他们吞进去吞进去又吐出来，算是朝山之前的小小磨炼。后来才发现，山洞一共四十九条，窄桥一共八十九座。一关关闯上去，很有一点西游记的味道。

　　过了十字路，山势益险，饶它是身材窈窕的迷你红火车，到三千多尺的高坡上，也回身乏术了。不过，难不倒它。行到绝处，车尾忽然变成车头，以退为进，潇潇洒洒，循着Z字形zigzagzig那样倒溜冰一样倒上山去。同时森林愈见浓密，枝叶交叠的翠盖下，难得射进一隙阳光。浓影所及，车厢里的空气更觉得阴冷逼人。最后一个山洞把他们吐出来，洞外的天蓝得那样彻底，阿里山，已经在脚下了。

　　终于到了阿里山宾馆，坐在餐厅里。巨幅玻璃窗外，古木寒山，连绵不绝的风景匍匐在他的脚下。风景时时在变，白云怎样回合群峰就怎样浮浮沉沉像嬉戏的列岛。一队白鸽在谷口飞翔，有时退得远远的，有时浪沫一样忽然卷回来。眺者自眺，飞者自飞。目光所及，横卧的风景手卷一般展过去展过去展开米家霭霭的烟云。他不知该餐脚下的翠微，或是，回过头来，满桌的人间烟火。山中清纯如酿的空气，才吸了几口，饥意便在腹中翻腾起来。他饿得可以餐赤松子之霞，饮麻姑之露。

　　"爸爸，不要再看了。"佩珊说。
　　"再不吃，獐肉就要冷了。"咪也在催。
　　回过头来，他开始大嚼山珍。

山

午后的阳光是一种黄澄澄的幸福,他和矗立的原始林和林中一切鸟一切虫自由分享。如果他有那样一把剪刀,他真想把山上的阳光剪一方带回去,挂在他们厦门街的窗上,那样,雨季就不能围困他了。金辉落在人肌肤上,干爽而温暖,可是四周的空气仍然十分寒冽,吸进肺去,使人神清意醒,有一种要飘飘升起的感觉。当然,他并没有就此飞逸,只是他的眼神随昂昂的杉柏从地面拔起,拔起百尺的尊贵和肃穆之上,翠蠹青盖之上,是蓝空,像传说里要我们相信的那样酷蓝。

而且静,海拔七千英尺以上那样的,万籁沉淀到底,阒寂的隔音。值得歌颂的,听觉上全然透明的灵境。森林自由自在地行着深呼吸。柏子闲闲落在地上。绿鸠像隐士一样自管自地吟啸。所以耳神经啊你就像琴弦那么松一松吧今天轮到你休假。没有电铃会奇袭你的没有电话没有喇叭会施刑。没有车要躲灯要看没有繁复的号码要记没有钟表。就这么走在光洁的青石板道上,听自己清清楚楚的足音,也是一种悦耳的音乐。信步所至,要慢,要快,或者要停。或者让一只蚂蚁横过,再继续向前。或者停下来,读一块开裂的树皮。

或者用惊异的眼光,久久,向僵死的断树桩默然致敬。整座阿里山就是这么一所户外博物馆,到处暴露着古木的残骸。时间,已经把它们雕成神奇的艺术。虽死不朽,丑到极限竟美了起来。据说,大半是日治时代伐余的红桧巨树,高贵的躯干风中雨中不知矗立了千年百年,坎坎的斧斤过后,不知在什么怀乡的远方为栋为梁,或者凌迟寸磔,散作零零星星的家具器皿。留下这一盘盘一坨坨硕老无朋的树根,夭矫顽强,死而不仆,在日起月落秦风汉雨之后,虬蟠纠结,筋骨尽露的指爪,章鱼似的,犹紧紧抓住当日哺乳的后土不放。霜皮龙鳞,肌理纵横,顽比锈铜废铁,这些久僵的无头尸体早已风化为树精木怪。风高月黑之夜,可以想见满山蠢蠢而动,都是这些残缺的山魈。

幸好此刻太阳犹高,山路犹有人行。艳阳下,有的树桩削顶成台,宽大可坐十人。有的扭曲回旋,畸陋不成形状。有的枯木命大,身后春意不绝,树中之王一传而至二世,再传而至三世,发为三代同堂,不,同根的奇观。先主老死枯槁,蚀成一个巨可行牛的空洞;父王的僵尸上,却亭亭立着青翠的王子。有的昂然庞然,像一个象头,鼻牙嵯峨,神气俨然。更有一些断首缺肢的巨桧,狞然戟刺着半空,犹不甘忘却,谁知道几世纪前的那场暴风雨,劈空而来,横加于他的雷殛。

正嗟叹间,忽闻重物曳引之声,沉甸甸地辗地而来。异声愈来愈近,在空山里激荡相磨,很是震耳。他外文系出身,自然而然想起凯兹奇尔的仙山中,隆隆滚球为戏的那群怪人。大家都很紧张。小女孩们不安地抬头看他。辗声更近了。隔着繁密的林木,看见有什么走过来。是——两个人。两个血色红润的山胞,气喘咻咻地拖着直径几约两英尺的一截木材,辗着青石板路跑来。怪不得一路上尽是细枝横道,每隔尺许便置一条。原来拉动木材,要靠它们的滑力。两个壮汉哼哼哈哈地曳木而过,脸上臂上,闪着亮油油的汗光。

姐妹潭一掬明澄的寒水,浅可见底。迷你小潭,传说着阿里山上两姐妹殉情的故事。管他是不是真的呢,总比取些道貌可憎的名字好吧。

"你们四姐妹都丢个铜板进去,许个愿吧。"

"看你做爸爸的,何必这么欧化。"

"看你做妈妈的,何必这么缺乏幻想。管他。山神有灵,会保佑她们的。"

珊珊、幼珊、佩珊。相继投入铜币。眼睛闭起,神色都很庄重,丢罢,都绽开满意的笑容。问她们许些什么大愿时,一个也不肯说。也罢。轮到最小的季珊,只会嬉笑,随随便便丢完了事。问她许的什么愿,她说,我不知道,姐姐丢了,我就要丢。

他把一枚铜币握在手边,走到潭边,面西而立,心中暗暗祷道:"希望有一天能把这几个小姐妹带回家去,带回她们真正的家,去踩那一片博大的后土。新大陆,她们已经去过两次,玩过密西根的雪,涉过落矶山的溪,但从未被长江的水所祝福。希望,有一天能回到后土上去朝山,站在全中国的屋脊上,说,看啊,黄河就从这里出发,长江就在这里吃奶。要是可能,给我七十岁或者六十五,给我一间草庐,在庐山,或是峨眉山上,给我一根藤杖,一卷七绝,一个琴僮,几位棋友,和许多猴子许多云许多鸟。不过这个愿许得太奢侈了。阿里山神啊,能为我接通海峡对面五岳千峰的大小神明吗?"

姐妹潭一展笑靥,接去了他的铜币。

"爸爸许得最久了。"幼珊说。

"到了那一天,无论你们嫁到多远的地方去,也不关我的事了。"他说。

"什么意思嘛?"

"只有猴子做我的邻居。"他说。

"哎呀好好玩!"

"最后,我也变成一只——千年老猿。像这样!"他做出欲攫季珊的姿态。

"你看爸爸又发神经了。"

慈云寺缺乏那种香火庄严禅房幽深的气氛。岛上的寺庙大半如此,不说也罢。倒是那所"阿里山森林博物馆",规模虽小,陈设也简陋单调,离国际水准很远,却朴拙天然,令人觉得可亲。他在那里面很低回了一阵。才一进馆,颈背上便吹来一股肃杀的冷风。昂过头去。高高的门楣上,一把比一把狞恶,排列着三把青锋逼人的大钢锯。森林的刽子手啊,铁杉与红桧都受害于你们的狼牙。堂上陈列着阿里山五木的平削标本,从浅黄到深灰,色泽不一,依次是铁杉、峦大杉、台湾杉、红桧、扁柏。露天走廊通向陈列室。阿里山上的飞禽走兽,从云豹、麂、山猫、野山羊、黄鼠狼到白头鼯鼠,从绿鸠、蛇鹰到黄鱼鸮,莫不展现它们生命的姿态。一个玻璃瓶里,浮着一具小小的桃花鹿胚胎,白色的胎衣里,鹿婴的眼睛还没有睁开。令他低回的,不是这些,是沿着走廊出来,堂上庞然供立,比一面巨鼓还要硕大的,一截红桧木的横剖面。直径宽于一只大鹰的翼展,堂堂的木面竖在那里,比人还高。树中高贵的族长,它生于宋神宗熙宁十年,也就是公元一〇七七年。"中华民国"元年,也就是明治四十五年,日本人采伐它,千里迢迢,运去东京修造神社。想行刑的那一天,须髯临风,倾天柱,倒地根,这长老长啸仆地的时候,已经有八百三十五岁的高龄了。一个生命,从北宋延续到清末,成为中国历史的证人。他伸出手去,抚摩那伟大的横断面。他的指尖溯帝王的朝代而入,止于八百多个同心圆的中心。多么神秘的一点,一个崇高的生命便从此开始。那时苏轼正是壮年,宋朝的文化正盛开,像牡丹盛开在汴梁,欧阳修墓土犹新,黄庭坚周邦彦的灵感犹畅。他的手指按在一个古老的春天上。美丽的年轮轮回着太阳的光圈,一圈一圈向外推开,推向元,推向明,推向清。太美了。太奇妙了。这些黄褐色的曲线,不是年轮,是中国脸上的皱纹。推出去,推向这海岛的历史。喏,也许是这一圈来了葡萄牙人的三桅战船。这一年春天，红毛鬼闯进了海峡。这一年，国姓爷的楼船渡海东来。大概是这一圈杀害了吴凤。有一年龙旗降下升起太阳旗。有一年他自己的海轮来泊在基……不对不对，那是最外的一圈之外了，喏，大约在这里。他从古代的梦中醒来。用手指画着虚空。

"爸爸，你在干什么呀？"季珊抬头看着他。

他抓住她的小手指，从外向内数，把她的指尖按在第十六圈上。

"公公就是这一年。"他说。

"公公这一年怎么啦？"她问。

走回宾馆，太阳就下山了。宋朝以前就是这样子，汉以前周以前就是这太阳，神农和燧人以前。在那尊巨红桧的心中，春来春去，画了八百圈年轮的长老，就是这太阳。在它眼中，那红桧和岛上一切的神木，都像小孩子一样幼稚吧。后羿留给我们的，这太阳。

此刻它正向谷口落下去，像那巨红桧小时候看见的那样，缓缓落了下去。千树万树，在无风的岑寂中肃立西望，参加一幕壮丽无比的葬礼。火葬烧着半边天。宇宙在降旗。一轮橙红的火球降下去，降下去，圆得完美无憾的火球啊怪不得一切年轮都是他的模仿因为太阳造物以他自己的形象。

快要烧完了。日轮半陷在暗红的灰烬里，愈沉愈深。山口外，犹有殿后的霞光在抗拒四围的夜色，横陈在地平线上的，依次是惊红骇黄怅青惘绿和深不可泳的诡蓝渐渐沉溺于苍黛。怔望中，反托在空际的林影全黑了下来。

最后，一切都还给纵横的星斗。

但是太阳会收复世界的,在玉山之巅。在崦嵫山里这只火凤凰会铸冶新的光芒。高处不胜苦寒。他在两条厚毛毯里,瑟缩犹难入梦,盘盘旋旋的山路,还在腿上作麻。夜,太静了。毛黑茸茸的森林似乎有均匀的鼾息。不要错过日出不要,他一再提醒自己。我要亲眼看神怎样变戏法,那只火凤凰怎样突破蛋黄怎样飞起来,不要错过不要。他似乎枕在一座活火山上,有一种美丽的不安。梦是一床太短的被,无论如何也盖不完满。约会女友的前夕,从前,也有过这症状。无以名之,叫它作幸福症吧。睡吧睡吧不要真错过了不要。

走到祝山顶上,已经是六点半了。虽然是华氏四十度的气温,大家都喘着气,微有汗意。脸上都红通通的,"阿里山的姑娘",他戏呼她们。天色透出鱼肚白,群峰睡意尚未消尽。雾气在下面的千壑中聚集。没有风。只有一只鸟,在新鲜的静寂中试投着它的清音。啾啾唧啾啾唧啭啭唧唧。屏息的期待中,东方的天壁已经炙红了一大片。"快起来了,快起来了。"他回过头去,观日楼下的广场上,已然麇集了百多位观众,在迎接太阳的诞生。已经冻红的脸上,更反映着熊熊的霞光。

"上来了!"

"上来了!"

"太阳上来了上来了!"

浩阔的空间引爆出一阵集体的欢呼。就在同时,巍峨的玉山背后,火山猝发一样迸出了日头,赤金晃晃,千臂投手向他们投过来密密集集的标枪。失声惊呼的同时,一阵刺痛,他的眼睛也中了一枪。簇新的光,簇新簇新的光,刚刚在太阳的丹炉里炼成,猬集他一身。在清虚无尘的空中飞啊飞啊飞了八分钟,扑到他身上这簇光并未变冷。巨铜锣玉山上捶了又

山盟

151

山

捶,神的噪音金熔熔的赞美诗火山熔浆一样滚滚而来,观礼的凡人全擎起双臂忘了这是一种无条件降服的仪式在海拔七千英尺以上。一座峰接一座峰在接受这样灿烂的祝福,许多绿发童子在接受那长老摩挲头颅。不久,福建和浙江也将天亮。然后是湖北和四川。庐山与衡山。秦岭与巴山。然后是漠漠的青藏高原。溯长江溯黄河而上噫吁嚱危乎高哉天苍苍野茫茫的昆仑山天山帕米尔的屋顶。太阳抚摩的,有一天他要用脚踵去膜拜。

可是他不能永远这样许下去,这长愿。四个小女孩在那边喊他。小红火车在高高的站上喊他,因为嘉义在下面的平原上喊小红火车。该回家了,许多声音在下面那世界喊他。许多街许多巷子许多电话电铃许多开会的通知限时信。许多电梯许多电视天线在许多公寓的屋顶。许多许多表格在阴暗的许多抽屉等许多图章的打击。第二手的空气。第三流的水。无孔不入无坚不摧,文明的赞美诗,噪音。什么才是家呢?他属于下面那世界吗?

火车引吭高呼。他们下山了。六千英尺。五千五。五千。他的心降下去。四十九个洞。八十九座桥。刹车的声音起自铁轨,令人心烦。把阿里山还给云豹。还给鹰和鸠。还给太阳和那些森林。荷兰旗。日本旗。森林的绿旌绿帜是不降的旗。四十九个洞。千年亿年。让太阳在上面画那些美丽的年轮。

1972年2月28日

山居散章

◎愚庵

一　晨雾

晨起,开窗,雾像猫的脚步一样悄悄溜了进来,不一会儿,整个房间弥漫成白蒙蒙的一片,我站在窗口,回首一看,室内的景物都有些模糊。

开窗,本来想着看一看昨夜上山时没有看清楚的山景,而现在,不但山景看不见,连来时的路都埋在路中了,这时才体会诗中所说"坐看云起时"的情趣。

上山之前,并不知道晚秋的山上充满浓雾,而现在终于体会了山在虚无缥缈间,这一股不知来自何方的浓雾的确具有神秘的美感。

我索性坐在窗口,让身体被飘过来的雾包起来,享受这难得的一刻。

雾里有一些湿气,可是用手抓却又感觉不到它存留的片刻,不久听到敲门声,我才知道是主人约我去做晨间散步。

从山居出来,是一条上山的小道,与上山的土路交叉而行,山友说,雨季来时寸步难行,这是中央山脉的支脉,道旁是陈列的观音竹,从小路上向下眺望,参差不齐的房屋坐落其间,大部分是属于客家部落,而且是世代垦山者为多,邀我到山居小住的友人,便是垦荒的朋友。

我们顺着山道向上走,不久就听到山溪的声音,到达了山顶才看到晨起的朝阳,晨雾已经逐渐破去。

这是多么令人兴奋的一刻,仿佛心里的阴影也随着旭日上升了。

在没有雾的早上,才看到周围亮丽的山景,可是,我却怀念晨起的雾,那种朦胧的美。

那种美,是因为雾带来的距离,我们的眼睛看不到外界,可是却看清了自己,爱雾是有原因的,因为我们可以隐藏自己。

雾中。恒是。

二 山鹿

朋友的山居处依着山壁而立,旁边是一个小小的牧场,饲养着鸡、鸭、山鹿和松鼠,除了松鼠比较凶悍,用笼子关起来以外,多数的动物都是自由开放的,其中有几只山鹿最令人爱怜。

山鹿的学名是"台湾水鹿",生长在高山的溪畔,胆子很小,但是那种羞怯,像是温文的淑女一般,有人走近它,也不会惊恐逃避,也许它习惯了人类。

朋友走进牧场,这几只山鹿会围着他敬礼,后来我才知道山鹿来到这个山居的小世界还有一段曲折的故事。

有一次,朋友到三义采购,看到路旁卖动物的贩子正在叫卖,悲心大起,花了一万元挑了一对山鹿上山放生,可是,放生不久，山鹿又回到山居处，时间一长，就慢慢住下来了，而且陆续又有迷路的猫、羊、鸡来到这里，小小牧场就这样形成了。

鹿是记恩的动物，和人类好像有点心灵相通，曾经有一本书说，在所有哺乳类动物中，吃素的动物，羊、牛、鹿都是好心的动物，因为它们记得自己的前生，因此为了消业而吃素，可惜人类不知前生，因此也不知吃素以惜福。

山鹿有情，因此不食肉，也希望不再成为俎上肉，看到这几只小山鹿，自己却感到惭愧了。

三　高山白

中午时分，朋友从山上的菜园带回来几颗又大又白的菜，一边向我说："这是高山白。"

其实，这是高丽菜，和平地上长大的没有两样，但是，却叫作"高山白"，因为生长在山上的缘故。

朋友在厨房把外面的菜叶剥开，我看到叶上有只又青又大的毛毛虫，正在蠕蠕而动。

朋友说：吃菜一定要吃有菜虫的菜，这样的菜才没有下农药。

我听了有些纳闷，后来才恍然大悟，现代人以为洒了农药、冷冻的青菜才安全、干净，其实刚好相反，有了农药，菜虫都不敢接近，对人体的危害更大了。

自然是公平的，人所舍弃的，也是菜虫所不要的，但是，科技颠倒了这个事实，难怪现代人罹癌的机会愈来愈多了。

煮好的高山白甘美新鲜，这是生平最好的佳肴。

四 掌灯

　　黄昏后的山上,夜幕低垂得很快,在山居处睡了一个午觉后醒来,已经是晚霞满天了,晚秋的凉意从窗外袭来。不久,夜幕就低垂了,夜雾也随着围拢过来,虽然比晨雾稀薄,但是,夹在夜幕中倒也可爱,朋友告诉我,晚来的雾不叫雾,而叫山风,我却不以为然,反正是山之气,管这些形象的文字去吧!

　　有了雾,山居更黑了,我在房间里遍寻不着电灯的开关,不久,朋友推门进来,手上掌着一把油灯,刹那间把斗室照亮了,现在才发现,昨夜匆匆上山,不知道这里是无电的国度,夜来就是掌灯时分了。

　　一把古典雅致的灯,摆在我和知心朋友之间,尤其是一个宁静的山夜,都不用彼此的言语,我已经听到对方的心跳了,一个灯,一个世界,也照亮无数个传奇的夜晚和零落的知己。

　　过去,不知道灯的可爱,而现在却悉数领悟了,为什么大文豪歌德那么惧怕黑暗了,甚至临死时,躺在病榻上,仍然不忘呼唤他的仆人说:"拉开窗帘,透进一点光吧!"

　　一个人爱光、爱亮是自然的,尤其在黑暗的山夜里,当我们掌灯的时候,其实,也掌亮了心中的灯,让我们更清楚地照亮心灵的黑暗。

　　我和朋友之间的沉默和心跳,不知过了多久,油灯的芯草渐渐暗了,山的夜也更静了,但是彼此的心都像被晚秋的凉意洗净过一般。

五　福神

　　山居的日子,飞快,心的依恋不能留住分离的脚步。

　　下山的时候,朋友送给我临别的礼物,嘱咐我,回到文明的都市才能开启。

　　我的内心有份好奇,一路上却幻化成着急,好几次想在车上途中打开它,想想不该违背诺言,好不容易到了家,拆开礼盒,里面是两具木雕的福神,正向我咧嘴大笑。

　　那是嘲弄或慈悲的笑,只有神知道。

　　看着他笑,我也笑了,人生就是这样。

往事(三)

◎冰心

今夜林中月下的青山,无可比拟!仿佛万一,只能说是似娟娟的静女,虽是照人的明艳,却不飞扬妖冶;是低眉垂袖,璎珞矜严。

流动的光辉之中,一切都失了正色:松林是一片浓黑的,天空是莹白的,无边的雪地,竟是浅蓝色的了。这三色衬成的宇宙,充满了凝静、超逸与庄严;中间流溢着满空幽哀的神意,一切言词文字都丧失了,几乎不容凝视,不容把握!

今夜的林中,绝不宜于将军夜猎——那从骑杂沓,传叫风生,会踏毁了这平整匀纤的雪地;朵朵的火燎,和生寒的铁甲,会缭乱了静冷的月光。

今夜的林中,也不宜于燃枝野餐——火光中的喧哗欢笑,杯盘狼藉,会惊起树上稳栖的禽鸟;踏月归去,数里相和的歌声,会叫破了这如怨如慕的诗的世界。

今夜的林中,也不宜于爱友话别,叮咛细语——凄意已足,语音已微;而抑郁缠绵,作茧自缚的情绪,总是太"人间的"了,对不上这晶莹的雪月,空阔的山林。

今夜的林中,也不宜于高士徘徊,美人掩映——纵使林中月下,有佳句可寻,有佳音可赏,而一片光雾凄迷之中,只容意念回旋,不容人物点缀。

我倚枕百般回肠凝想,忽然一念回转,黯然神伤……

今夜的青山只宜于这些女孩子,这些病中倚枕看月的女孩子!

假如我能飞身月中下视,依山上下曲折的长廊,雪色侵围阑外,月光浸着雪净的衾裯,逼着玲珑的眉宇。这一带长廊之中:万籁俱绝,万缘俱断,有如水的客愁,有如丝的乡梦,有幽感,有彻悟,有祈祷,有忏悔,有万千种话……

山中的千百日,山光松影重叠到千百回,世事从头减去,感悟逐渐侵来,已滤就了水晶般清澈的襟怀。这时纵是顽石钝根,也要思量万事,何况这些思深善怀的女子?

往者如观流水——月下的乡魂旅思,或在罗马故宫,颓垣废柱之旁;或在万里长城,缺堞断阶之上;或在约旦河边,或在麦加城里;或超渡莱因河,或飞越落玑山;有多少魂销目断,是耶非耶? 只她知道!

来者如仰高山,——久久地徘徊在困弱道途之上,也许明日,也许今年,就揭卸病的细网,轻轻地试叩死的铁门!

天国泥犁,任她幻拟:是泛入七宝莲池? 是参谒白玉帝座? 是欢悦? 是惊怯? 有天上的重逢,有人间的留恋,有未成而可成的事功,有将实而仍虚的愿望;岂但为我? 牵及众生,大哉生命!

这一切,融合着无限之生一刹那间,此时此地的,宇宙中流动的光辉,是幽忧,是彻悟,都已宛宛氤氲,超凡入圣。

万能的上帝,我诚何福? 我又何辜? ……

二,三十夜,一九二四,沙穰。

翡冷翠山居闲话

◎徐志摩

在这里出门散步去，上山或是下山，在一个晴好的五月的向晚，正像是去赴一个美的宴会，比如去一果子园，那边每株树上都是满挂着诗情最秀逸的果实，假如你单是站着看还不满意时，只要你一伸手就可以采取，可以恣尝鲜味，足够你性灵的迷醉。阳光正好暖和，绝不过暖；风息是温驯的，而且往往因为他是从繁花的山林里吹度过来，他带来一股幽远的澹香，连着一息滋润的水汽，摩挲着你的颜面，轻绕着你的肩腰，就这单纯的呼吸已是无穷的愉快；空气总是明净的，近谷内不生烟，远山上不起霭，那美秀风景的全部正像画片似的展露在你的眼前，供你闲暇的鉴赏。

做客山中的妙处，尤在你永不须踌躇你的服色与体态；你不妨摇曳着一头的蓬草，不妨纵容你满腮的苔藓；你爱穿什么就穿什么；扮一个牧童，扮一个渔翁，装一个农夫，装一个走江湖的桀卜闪，装一个猎户；你再不必提心整理你的领结，你尽可以不用领结，给你的颈根与胸膛一半日的自由，你可以拿一条这边艳色的长巾包在你的头上，学一个太平军的头目，或是拜伦那埃及装的姿态；但最要紧的是穿上你最旧的旧鞋，别管他模样不佳，他们是顶可爱的好友，他们承着你的体重却不叫你记起你还有一双脚在你的底下。

这样的玩顶好是不要约伴,我竟想严格取缔,只许你独身;因为有了伴多少总得叫你分心,尤其是年轻的女伴,那是最危险最专制不过的旅伴,你应得躲避她像你躲避青草里一条美丽的花蛇!平常我们从自己家里走到朋友的家里,或是我们执事的地方,那无非是在同一个大牢里从一间狱室移到另一间狱室去,拘束永远跟着我们,自由永远寻不到我们;但在这春夏间美秀的山中或乡间你要是有机会独身闲逛时,那才是你福星高照的时候,那才是你实际领受,亲口尝味,自由与自在的时候,那才是你肉体与灵魂行动一致的时候;朋友们,我们多长一岁年纪往往只是加重我们头上的枷,加紧我们脚胫上的链,我们见小孩子在草里在沙堆里在浅水里打滚作乐,或是看见小猫追它自己的尾巴,何尝没有羡慕的时候,但我们的枷,我们的链永远是制定我们行动的上司!所以只有你单身奔赴大自然的怀抱时,像一个裸体的小孩扑入他母亲的怀抱时,你才知道灵魂的愉快是怎样的,单是活着的快乐是怎样的,单就呼吸单就走道单就张眼看耸耳听的幸福是怎样的。因此你得严格为己,极端自私,只许你,体魄与性灵,与自然同在一个脉搏里跳动,同在一个音波里起伏,同在一个神奇的宇宙里自得。我们浑朴的天真是像含羞草似的娇柔,一经同伴的抵触,他就卷了起来,但在澄静的日光下,和风中,他的姿态是自然的,他的生活是无阻碍的。

你一个人漫游的时候,你就会在青草里坐地仰卧,甚至有时打滚,因为草的和暖的颜色自然地唤起你童稚的活泼;在静僻的道上你就会不自主地狂舞,看着你自己的身影幻出种种诡异的变相,因为道旁树木的阴影在他们纡徐的婆娑里暗示你舞蹈的快乐;你也会得信口歌唱,偶尔记起断片的音调,与你自己随口的小曲，因为树林中的莺燕告诉你春光是应得赞美的；更不必说你的胸襟自然会跟着曼长的山径开拓，你的心地会看着澄蓝的天空静定，你的思想和着山壑间的水声，山罅里的泉响，有时一澄到底的清澈，有时激起成章的波动，流，流，流入凉爽的橄榄林中，流入妩媚的阿诺河去……

并且你不但不须应伴，每逢这样的游行，你也不必带书。书是理想的伴侣，但你应得带书，是在火车上，在你住处的客室里，不是在你独身漫步的时候。什么伟大的深沉的鼓舞的清明的优美的思想的根源不是可以在风籁中，云彩里，山势与地形的起伏里，花草的颜色与香息里寻得？自然是最伟大的一部书，葛德说，在他每一页的字句里我们读得最深奥的消息。并且这书上的文字是人人懂得的；阿尔帕斯与五老峰，雪西里与普陀山，莱因河与扬子江，梨梦湖与西子湖，建兰与琼花，杭州西溪的芦雪与威尼市夕照的红潮，百灵与夜莺，更不提一般黄的黄麦，一般紫的紫藤，一般青的青草同在大地上生长，同在和风中波动——他们应用的符号是永远一致的，他们的意义是永远明显的，只要你自己性灵上不长疮瘢，眼不盲，耳不塞，这无形迹的最高等教育便永远是你的名分，这不取费的最珍贵的补剂便永远供你受用；只要你认识了这一部书，你在这世界上寂寞时便不寂寞，穷困时不穷困，苦恼时有安慰，挫折时有鼓励，软弱时有督责，迷失时有南针。

十四年七月

我所爱游的名山

◎周瘦鹃

我也算是一个爱好游山的人,但是很惭愧,以中国之大,名山之多,而我的足迹始终没有踏出江浙皖三省。我不曾见过五岳的面,不曾游过天台、雁荡,也不曾瞧到西南诸大名山,所以问起我所爱游的名山,真是寒蠢得很,算来算去,只有一座黄山,往往寤寐系之,心向往之,虽只游过一次,可是深深地刻在我心版之上,再也不能忘怀。要是能摆脱一切,无挂无碍的话,那么隐居黄山以终吾身,也是十二万分愿意的。

爱好游山的同志们,可不要以为我说得过火,黄山不但是东南第一名山,也可说是中国第一名山,游过了黄山,别的山简直可以不必游了。吾友陈蝶野兄,足迹遍南北,并曾到过西南,所游的山是太多了。他是一个擅画山水的人,决不会盲从人家的见解,然而据他说,游来游去,总觉得没有一座山能胜过黄山的。那就足见我并不是阿私所好,而我虽没有见过大世面,却已游过了黄山,这就足以自豪了。

黄山的伟大瑰丽,决不是一枝平凡的笔所可描写得到,画必关荆,文必韩柳,诗必李杜,词必苏辛,才能尽黄山之长,而不致辱没黄山。我之往游,是在四年以前的一个秋季,同游者有陈蝶野夫妇、涂筱巢父子,一共游了十二天,实在觉得太局促了，要细细的游览，细细的领略时，虽一年也不会厌倦。那时我才到汤口，只算是才进黄山之门，便已目眩神迷，飘飘欲仙，仿佛此身已不在人间了。夜间我们先在汤池一浴，池水不冷不热，微微闻到奇南香一般的香味，浴过之后，真好似换骨脱胎，俗尘尽涤。在中国旅行社下榻，听了一夜白龙潭、青龙潭的泉声，非但不厌其烦，反如听钧天仙乐一样。第二天就由紫石峰下出发，看人字瀑、过回龙桥、朱砂庵（慈光寺）、飞来洞，小憩半山寺，再上天门坎，过云巢、小心坡、文殊洞，抚迎客松，而到达文殊院。当夜宿在院中，次晨四点即起，与蝶野、筱巢抱衾上高冈，听哀猿叫残月，坐候着朝阳出来，看白云铺海。此处可说是黄山中心，右有莲花峰，左有天都峰，背后有玉屏峰，古人曾有"不到文殊院，不见黄山面"之句，其重要可知。天都是全山最高峰，使人有高山仰止、景行行止之感，大家见峰势陡直，没有敢上去，我虽跃跃欲试，可是附和无人，也就罢了。听说当年吴稚老曾上去过，我们这般后生小子，辜负了好腰脚，恐将为稚老所笑吧。离了文殊院，向西南行，小心翼翼地经过阎王壁，渡大士崖，过莲花沟，直达莲花峰下，我这时雄心勃发，像猿猴般载欣载奔，居然以第一人先到峰巅，学着孙登长啸起来。这里据说可以望见庐山、九华和长江水，可是我没有带望远镜，不曾瞧见什么，只见重重叠叠的乱山而已。下了莲花峰，向西下百步云梯，穿过鳌鱼洞，横渡天海，仿佛是一片平原。再北上光明顶，曲折而达狮子林。这一带也是风景绝胜的所在，一株株的奇松，一堆堆的怪石，恨不得搬到家里去，做盆景用。东北有始信峰，玲珑可爱，真如盆景中物，上有接引松与隐士江丽田弹琴处，我们爱得它什么似的，曾两度到此盘桓，蝶野席地作画，替我画了一幅，他受了山灵的感应,真是腕下有鬼,笔下有神,完成了一件杰作。峰巅下望,有石笋矼、梦笔生花、散花坞、观音峰诸名胜。狮子峰的右面有清凉台,奇石壁立,下视无地,我们也曾流连了二三度,并且贾着余勇,结队直下散花坞,坞名散花,料想春季一定是野花烂漫,如锦如绣,可惜恰在秋季,花是不多见了。只为好景留客,难解难分,在狮子林留宿了三夜,夜夜听够了松涛泉韵,方始向四山揖别,向东南往云谷寺,在寺中啜云雾茶,拍照,又休息一小时,才再向东南出发。经仙人榜,看九龙瀑布,瀑布分成九条龙那么泻下来,只因久旱不雨,瀑流不大,这天虽有小雨,无济于事,然而看那九条白龙,缓缓地爬下来,也是很可悦目的。过此再走七里,就到苦竹溪,上汽车回杭州去。我一路上被黄山灵感所动,不觉来了诗兴,虽然不会作诗,居然也胡诌了五十首五言古诗,先前曾在本志登过,实在是蚓唱蛙鸣,哪能写尽黄山的好处。现在且将清代诗人梅渊公氏的《黄山记游》一百韵附录在此,给读者们读了,当作卧游吧。

"夙昔怀黄山,屡负仙源约。初为风雨淹,云岚尽如幕。后逢霜霰零,岩巅北风恶。兹当六月中,旱魃复为虐。同游色俱沮,畏炎胜炮烙。岚影掩人怀,幽兴愈飞跃。权为松谷游,竟日聊可托。戒仆起中宵,东方尚鸣柝。晨光辨依稀,群峦渐磅礴。芙蓉与望仙,峰石如相索。其西为翠微,循流分涧洛。双石立关门,交牙为锁钥。自此断人烟,尘埃何地着。日午抵孤庵,阴松四寂寞。衲子善迎人,浓茶再三瀹。指点五龙潭,俯仰濯幽魄。向晚夕阳斜,半射云中壑。三十六高峰,将毋见大略。老僧谓不然,所见乃包络。何处为天都,骤惊邦与郭。余乃疾声呼,高怀哪能遏。且莫返篮舆,芒鞋更紧缚。灯前问已经,曲折预商酌。山中鸟声异,如铃复如铎。是夜不得眠,暑气秋先夺。披星促饱餐,济胜斗强弱。初从涧底行,莽深杖难拨。所幸无蝮虺,而乃逼猱玃。仰首瞻云门,夹立如悬橐。攀援十余里,始见石笋矗。城中望笋尖,径寸如锥卓。及旁笋根行,百寻不可度。回俯经过地,取次在两屩。昨为仰面尊,今为培塿末。从此识黄山,方知不可学。群目尽皆瞪,群口不能诺。缭绕千万峰,簇簇散花萼。想象铺两海,前后何寥廓。起伏为菌蕈,与笋互犄角。群笋丛聚处,忽见天花落。其峰谓始信,峰断因仙喝。天然松树枝,接引宛如构。过桥惊海市,一一几于活。方物复肖人,成兽亦成雀。翻疑不是山,天工太雕琢。西望西海门,一线同箭括。日落紫烟深,魑魅实栖拓。戏以石投之,顷刻走冰雹。回见月华生,咫尺透衣葛。夜宿狮子林,孤灯吼堂灼。下界尽炎方,到来抱绵朸。晨陟炼丹台,海气寒漠漠。波涛无定形,晶光流活泼。惜哉丹灶存,何人更采药。东登光明顶,其势转空扩。天都与莲华,鼎立差相若。何物神鳌洞,五丁幻开凿。侧身下青冥,以手代足摸。百折转云梯,踵与顶相错。左右茫无据,鱼脊几多阔。盘绕上莲花,目眩魂逾愕。一窍汲天心,升堂学猿攫。进退分死生,从者泣还谑。以身殉奇观,葬此抑何怍。贾勇登绝顶,闭目喘交作。蹲身抱危石,旷哉吾眼豁。其北为九华,其西为白岳。天目岚几层,金陵烟一抹。长江襟带间,大海等沤沕。周遭数千里,指顾了吴越。苦无双飞翰,乘风化孤鹤。下此险亦夷,如梦惊方觉。吾将叹观止,仙境愈奇驳。巍哉文殊台,凌虚称极乐。大海此中央,万笏拥阊阖。木榻求小憩,云气虚相抟。香厨何所有,菜根惬大嚼。东下小心坡,前此胆仍怯。洞壑隐层层,经过不知数。杖拂老人头,始抵天都脚。天都千仞高,游者步齐却。无径置绠梯,壁立矗如削。微风吹缥缈,隐隐闻天乐。过此磴愈滑,经年积枯箨。一峰变一峰,凡骨尽皆脱。屏幢开朱砂,灿烂布丹艧。老衲栖中峰,形容见古雘。握手如故人,引我宿山阁。是夜月愈明,抱琴两酬酢。诸天齐答响,拱立俨璎珞。凌晨浴汤泉,手弄珍珠沫。昔为仙液喷,于今起民瘼。浴罢归桃源,龙潭辨尺蠖。长昼息精庐,余兴尚搜掠。山中凡七日,何能尽广博。峰峰现霁色,良遇不为薄。山灵有至性,闻者徒糟粕。大都随意游,翻令真趣获。明日出汤口,分源寻掷钵。惜未识洋湖,海筏何年泊。"

民二六冬,我避兵皖南黟县南屏村,去黄山只有九十里,曾想前去小住一月,可是误信了村人的话,说那边已列为军事禁区,不许游览。后晤黟县祝县长,才知道没有这回事,待要去时,却因急于来沪,终于没有去,至今引为憾事。曾有七绝四首云:"山中独数黄山秀,除却黄山不是山。晋谒山灵原所愿,却忧豺虎满江关。""朝山前度逾旬日,挥别归来梦与俱。迎客老松应矫健,还能记得故人无。""当年俊侣翩翩集,西海门前送夕曛。他日为予留片石,好临清晓看山云。""濂溪昔爱莲花好,我爱莲花第一峰。为问别来无恙否,愿君长葆旧花容。"又《追忆黄山白龙潭》云:"怒泉惊沸起蛟眠,泻入千山绝点烟。看遍人间无净土,挐云攫日上诸天。"又《忆黄山·归田乐·从山谷体》云:"巘叠玲珑玉。看嵯峨、奇峰三六。起伏层霄矗。欹也或耸也。挂也横也。——葱茏结寒绿。 丹霞锁巇谷。千仞琼崖幽花簇。弥天云海,疑有众仙浴。石下与松下,随处有乱泉泻下,唤取灵猿伴三宿。"

我所爱游的名山,除了黄山,须推奉化的雪窦,千丈之岩,瀑泉飞雪,九曲之溪,流水涵云,无论一峰一岩,都幽奇古怪,委实是一座小型的黄山,而那千丈岩的瀑布,更胜过黄山的人字瀑、九龙瀑呢。我曾前去游过两次,至今还觉得醰醰有味。此外我所爱游的,须推邓尉和超山,因为我酷爱梅花,这两处的梅花,真是洋洋大观,单去游这么一天二天,还觉得不够过瘾,恨不能结庐其间,长住暗香疏影中啊。

1940 年

死山

◎许达然

那座山现在被人剥削得只剩土色了。要是你从前来就多彩：松绿、桦白绿、榉淡红、枫黄红褐。然而从前很少人来，深秋偶尔来也是看颜色而不是看树。他们待在车内，隔窗遥望；人生对于他们仿佛只是远看。仅远看不算欣赏。我们却是为了欣赏清静才买下山的。她若还活着，会告诉你从乡间教书回来后，怎样温习山岚；不必工作时，追逐阳光，阳光躲进树荫，坐在我们旁边。看到鹿，比鹿还害羞的她躲开。寒冷的冬夜把食物放在屋外，怕鹿不敢来，熄灯看鹿吃着食物，吃着月光。她还会告诉你怎样带回腿受伤的小鹿，待它伤好后才让它走。

住在山上，山不高大，但感觉宽阔。不一定看天，天都看我。思索山下人间，人间看不见山上。邻居不是人，而是鸟、兔、松鼠、鹿，和树。树林若被禽兽遗弃，野不起来就没什么可抒情的了。我们同意第七世纪的一位梵文诗人："宁在山上和禽兽生活也不在神的宫殿和傻瓜住一起。"整年都有鸟声飘荡成风吹拂。春天不必多说，绿就到处默默庆祝；连苔藓都嫌石头单调，没得到石头同意也贴上绿。夏天阳光热情簇拥而来，叶扇响山的微笑。晚秋坐在外面，叶就包围，风来扫，叶乱飞，乱想，想累了，叶还落。夜的黑暗都盖不住那些窸窣回到土地的声音。树多情，我一穿少，它们就多穿给我荫凉；我穿多时，它们非但不穿，还掉下树枝给我起火。毕卡索穷的时候，把自己的画丢进火里取暖。再穷也不砍树。木屋是以前的主人建的，问他砍了几棵树，他支吾。不自然的人讲话才吞吐，有什么不能说的呢？而说出的常是废话。每年冬季总有商人来说要付一笔钱砍松去卖做圣诞树，我都拒绝。为了庆祝耶稣生日已用过很多树做成卡片，不必再砍去装饰。耶稣若继续做木匠，就没什么可信的了。

我信自然。有些人总是说爱自然，真住山林时却觉得不自然。自然简朴，无电气、无黑气、无白气、无抽水马桶。什么都方便的都市，屋子隔着屋子，到处碰壁，树只是点缀而已。山上到处是树，树吐出的都新鲜，而新鲜是我最想吸收的气息。

原以为自然生活可以躲避文明的污染。然而我还未被文明谋杀，树却先死了。连松都不绿，季节失去成长的意义，山无法更迭美丽。人总是发明杀的方法，从前用斧子，用锯子，用电力，现在发展到用酸雨，更不费力。酸雨是都市飘来的云落的。云本来很美，如今却怕看工业化的云了。我们无法逃避工业化的东西，我们无法逃避文明。几乎什么都是文明造的。人造云、人造湖、人造山、人造花、人造丝、人造心、人造陷阱。

树就是人陷害的。树枯还不肯作古，坚持站着。还不腐，砍下可赚钱，但我不砍，一起生活二十多年，它们不长叶，我就砍吗？树不生长的山是死的，畜生怕死也已遗弃山景。恍惚只有星夜不死心还来，照亮凄清。

这山凄清我不住了。年纪已够凄清，不敢再看凄清。要卖山，却无人肯买。因为都把山当作投资的地方，都说山离都市太远不能开发。

　　就快到山脚了。上山你看后，如果真的喜欢，山就送给你。但让树站着，凄清抗议。如果以后你要开发，山也无话可说了。

上山

◎聂绀弩

  是秋初的夜间,好几天没有下雨,天气有点闷燥。公园里的花草发着浓郁的香气,月亮把屋的影子,树的影子,人的影子,投在地上,使路变成黑白相间的花路。走过了网球场,就开始上山了,几十步坎坎之后,拐弯,是一道青石的斜坡,没有坎坎,本来就很滑,又不知什么时候,几块大石头崩在旁边,路上出现一个黑洞洞的坑,只有靠山的那边有一道刚刚可以放一只脚那么宽的土路,而且有三四步远。要用手杖拄稳了才能慢慢地踏过去,过了这一节斜坡就上了公路,公路宽阔而平坦,月亮照得白白的,好像铺了一层霜一样,我解开衬衣,摸摸胸前,有一点汗,心跳得很急促。微风迎面吹来,又觉得有一点舒畅。

  什么地方有人讲话,越听越近,当走近二百四十五坎的时候,才完全听出他们谈话的所在。二百四十五坎两边都是一些乱的小竹子,低矮而丛多,把那一带的山坡全铺满了,除了露出二百四十五坎石阶。石阶左手一两丈远的地方,有一片长竹林,竹林深处,有一两户人家,在二百四十五坎上下的时候,常常隐隐约约地听见的谈话的声音就从那竹林里出来的。声音是四五个人的,都似乎很年轻,当然,深夜了,还这么高声地在月下谈话,这劲儿就很年轻。他们显然是在辩论什么,几

个人在同时说,抢着说,都很急促而且激昂,似乎每个人都想用声音把别人的声音压倒,却又压不倒;每个人的声音都妨害别人的而又为别人所妨害,不知他们自己能不能够听清楚那些话里面的意思,我却上完了二百四十五坎,几乎什么话也没有听出来。只听见两句——一个说"存在就合理",一个说"合理才存在"。虽然没有听清楚他们究竟辩论的什么,却一面听,一面上,不知不觉上完了二百四十五坎。

过了二百四十五坎,又是一节较平的公路。这儿是山,很荒野的,却有一条公路,通过半山腰。听说,这山顶上有一个政治和尚,和阔人们有交往,阔人们要上去看他,他要下山看阔人们,路局方面就特别开一条公路,让他们的汽车可以上下。可惜山太高,开起来工程太浩大,只完成了一半,就停顿了!绕弯太大的地方没有人走,杂草在公路上丰茂起来,公路就变成一节一节的了。中国的一切,直到现在,还都是为特权者所有,几千年家天下主义的思想,并没有经过什么折扣。一方面是特权者自己,以为中国就是他的家,要什么就有什么;一方面是特权者的伺候人,以为中国是他的主子的家,体会主子要什么就给办到。在这荒山上开辟公路,就是一例。此外,特权者和他的伺候人还要尽量在老百姓面前显得优越,比如从城里到这山麓,要经过几个钟头的公路车,车少人多,老百姓买票要排队登记,往往从半夜两三点钟排起队,到早晨六七点钟才只有半数能登记得上;登记上了,又必定有四分之一乃至三分之一的人要到下午四点钟才搭得上车。但这不过老百姓如此,至于老爷们,则有许多办法免除这一切麻烦。有不花钱的"换票",有"半价换票",有"特约",有"公务车"。他们都不用排队,随到随登记,每班车都规定在排队登记的老百姓之前买票，首先上车，占据车上的几乎全部座位。我不相信一个老爷的事情会重要过老百姓，急于老百姓的；不相信他们的腿或屁股尊贵于老百姓的；不相信他们和老百姓不是同等价值。老爷们啊，到了今天，你们还不把老百姓当作和你们一样的人看待，还不觉悟你们的无论什么，绝不比任何一个老百姓高。告诉你们：你们永远也不会得救的！想着想着，走到了松林。

松林里有一个土坡，没有坎坎，如果修坎坎，大概至少是两三百级。好几百或一两千棵不很高大的松树排列在路的两旁，松枝黑压压地把天空都遮住了，路有三四尺宽，和松林里的别的地方的颜色都不一样，从上头到下头，倾斜着，好像从人脚下展开着一匹布似的。路上由于树列和树荫所形成的长弄，很像房屋里面的走廊。抬头一望，那头的进口衬着天空，显出一个穹门形来，那穹门使我们感到一种无名的忻悦，好像我一向都在这样狭窄而悠长的隧道里走，现在望见了尽头，要马上置身于广大的天地里了。这路，在有些日子，就是不下雨，也常有湿滋滋的苔藓，险峻处往往使我们滑倒；现在却很干燥，似乎连露水也没有，从松荫的隙缝里筛下的破碎的影铺在路上，不知是松枝在夜风里动摇呢，还是我走累了，脑子有些摇摇晃晃，觉得那月影在地上动着。踏着动荡的月影和一些松软的松针，我一面上，一面喘气，脚越来越拖不动，连身子也颇有些蹒蹒跌跌，一穿过松林，就在路边的土埂上坐了下来。

这山，我上下过许多回，熟悉得很，坐着的这一带，是一片田野，但大部分是光秃秃的，长着一些野草，田埂上偶然有几棵桐树，有一块，当中有一个屋顶形的低矮的守夜棚。上面不远的路边的村子，有三五户人家，想是这一带的田地的垦殖者们的住处，在这夜间，虽然有月光，却连影子也看不见。

月夜,在山野,在郊原,不知什么道理,总给人一种美感,比如这山上,除了路,除了田野,除了对山的黑影,几乎什么也看不见,看得见的,也无不朦胧,但人觉得舒适,觉得空旷,像在清流里游泳;临着江洋大海,觉得新奇而浪漫,像这世界并不是存在的实体而只是想象中的存在;觉得人的地位在被毫无限制地提高,人的灵魂,在无形中变得高迈起来,好像整个世界再没有别的人,不为别人所有,只有自己是这世界的唯一的君临者了。在白天,在大城市里,被无数的人拥挤着,被高大的建筑威胁着,被权贵们的车水马龙驱逐着,呵斥着,被搽脂抹粉、奇装异服的浪子荡妇们鄙视着,人,有时候连自己也觉得渺小得像一只蚂蚁,甚至并不存在!唯有置身于这种胜地良宵,这才觉得不但存在,而且存在得如此显要,如此昂长修伟,反是那大城市里的种种,连轻蔑的一瞥,也不值得给予了。

　　但是抬头望天,天空并不清朗。有一道微薄的雾弥漫在空中,月亮还未到天中,形状像蚌壳一样,圆不圆,扁不扁,也不怎么好看。天的正中,从南到北一条长的云约略两三丈长,像老松树那么粗,从头到尾,像一段经过绳墨刨削过的木头,几乎没有一个地方比较粗些或细些,起初还微微一点弯曲,有如弓形,但刚一这么觉得,它就变得直挺挺的了,颜色是灰的,像死人的脸,好像月亮并没有照着它,或者纵然照着也不能把它变美,好像在故意跟月亮憋气,说你能把什么都照得好看吗?我偏要做出一个难看的样子,看你有什么办法?我最喜欢看云,日出日落前后的多彩多变的云,可以难倒天下的图工,那美不是言语可以形容的。夏日的午夜,坐在清浅的河边,近瞰苍鹰的巨膀在沙滩上盘旋,遥望天边的白云起灭变幻,聚散流走,人的思想就会跟着丰富而且高远起来,常以为古代那些不朽的神话就是这么一面握着笔,一面望着云写出来的。晴明的秋夜,月光如水,轻云如罗,在高邈的蓝空底下,给人怎样的一种幽美而恬静的感觉啊!云,无论什么时候,无论什么季节,除了布满天空等于一无所有以外,几乎没有不美的,然而今夜我却看见丑的云,死的云了。

一切的云,无不自成一种形状,不是像这就是像那,或者一时像这,一时像那,或者一面像这,一面像那。我在地上,仰望着那头齐脚齐的呆木头,看它还能够像什么,注视了很久,终于让我看出一点道理:像一只膀子,一只臃肿、痴肥、没有曲线的膀子,膀子的一端,有几个丫杈,像分开的手指。指缝里透出两颗小星,那星,像我坐牢的时候,每打女牢门口过,必定趴在小窗口,隔着窗口望我的,我的爱人的眼睛。当时我是怎样痛恨那女牢的门,把我和我爱人的门隔绝了呵;而现在,那只大手,又隔在我和那些小星之间,我相信那些星绝不仅两颗。

我好像看见过那只膀子。有一阵,有几个画家喜欢画一种奇怪的画,比如画人吧,把人的头和躯干都画得很小很瘦,却把肢体画得很大很臃肿,一只膀子可以遮住那人的全身,一个手掌可以遮住整个头。不懂得那是什么道理,也不知道是一种什么画派,总觉得这种画在玩弄人的感觉,那膀子、手,或者腿和脚都非常丑恶而可恨,甚至想:自己如果有力量,这种画家,非给他点颜色看不可,那横在天空的膀子,就跟那种画家画的一样。

我好像接触过那只手,若干年前,曾经碰到一个大人物,即后来有人说他是"一身猪熊狗"的。他并不高,却有一个几

上山

179

乎比别人大三倍的头。他的脸也比别人大两三倍,铁青而又乌黑,分不出耳眼鼻口,真有点像猪或熊的样子,但他的眼和口也是大的,眼睛还放出炯炯的光,口头又露出两颗牙齿,使人不禁想起旧小说上的"头如巴斗,眼赛铜铃,口若血盆,青脸獠牙"之类的句子来。"这位是……"介绍人说。"哦哦……"我们彼此都做出"久仰,如雷贯耳"的样子,于是就握手。呵呵,他一伸出手来,把我吓了一大跳,多么大的一只黑手呵!一个个指头像萝卜一样!当我的手藐乎其小地摆在他的掌心里的时候,我不觉眼盯住手背上的黑毛而身上打起寒战来。天空的手,就跟那只大手一样。哦,它在动,它要抓我呀!

　　我看着它几乎有半个钟头之久,它一点变化都没有,而且越看越难看。月亮渐渐向它走近,微风凉爽地吹来,唧唧的虫声,响遍了山林……这么好的夜晚,却被一块丑的云破坏了!我不是唯美主义者,但相信一切丑的东西都不应该存在,谁高兴鉴赏丑东西呢?丑东西对于人有什么好处呢?二百四十五坎那儿的青年说:"存在就合理","合理才存在",试问:像这样一块丑的云,它合什么理呢?为什么存在呢?而且,它是谁的膀子?仗着谁的力量横亘在天空?人,有时对于天空的事情很留心的。当天狗吞噬着太阳或月亮的时候,家家户户都敲锣打鼓鸣鞭放炮来驱逐那贪馋的魔物。现在这横在天空的魔手,为什么没有人起来驱散它呢?难道天下人都睡熟了吗?

　　我愤激地站起,决心不再看它;提起上衣,拄着手杖,打算背着它,也背着月亮和那指缝里的星星们,踏着自己的影子走上山去。突然,远处有炮仗的声音,断断续续的;这几天,因为日本投降了,这儿那儿常有人放炮仗,庆祝我们也跟着别国一同得到了胜利,举目四顾,侧耳倾听,不知声音从何处来,更不知是为了庆祝呢,还是真有人起来驱散这丑的云了!

一九四九.八.一六脱稿。

山

◎林斤澜

我少年时住过一个地方,在大山脚下,又在大海边上。那海滩不是细软的沙地,也不是长绿苔的、又滑溜又硌脚的石头,却是没腿的黄泥。可以光着身子趴着仰着,四肢使使劲,滑行几十米。世界上的运动项目越来越奇,却还没有奇到这一项来。少年人觉得在高天之下、大海之滨滚一身泥,很痛快,很别致,还有一个很——很好吃。泥滩上小动物多得一摸一个,大蚶、小蚶、一大一小蚶,青壳、黄壳、关老爷壳……这些小蟹都可以摸上来一撅两半,随手塞在嘴里或嘬或嚼。还有一种叫作泥蒜的,看来像是一头蒜,却是软体动物,拾回来炒了下酒,或是做汤或是下挂面,味道鲜得"舌头也掉了"。

不过战争年代海边上住不安生,一声呼唤就上山去,那一个个山头好比海上的浪头,无穷无尽,走得两条腿都不是自家的了。吃什么呢?山上有竹林,有笋,冬笋是山鲜。可是这样东西要是没有肉没有油,会吃得人胃酸吐清水。再呢,白薯干饭,腌指甲花梗。

我少年时的印象是:山——穷,海——富。还有一个印象是:穷——亲,富——不亲。

渔船出海,要看天看水,赶紧捕捞了回来。客船出海,都是希望顺风,平安到达另外一片陆地,谁也没有久居海上的想头。

山可是扎根的地方,越往深山里走,越有回到老家的安宁。

那时候是抗日战争时期,我们的人在深山里安营扎寨。

山上很静,山的外貌和内心都透着静字,山就是静。山在天空的怀抱里,树林的唏嘘、草虫的叮咛,都和天空的吟哦混合在一起,把这叫作天籁,叫得好。天籁,是静的伟大处。

山上也有狼,有蛇,有虎豹,还有突然的袭击,但都是一瞬间的事。就这一瞬间,也是在静静中进行。人的滚爬摔打,也都脚踏实地。

我少年时,感觉到天籁的静,最合心性。怎么见得?每一根神经都能够舒舒展展,好像小溪潺潺流走。现在迈进老年的门槛了,回过头来看道路的坎坷、车马的忙碌、市集的喧嚣,这中间,谁能够适当地静一静,听听天籁,谁就心明眼亮些,就可能逢凶化吉,遇难呈祥。因为山的静,是庄严,不是麻木;是踏实,不是消沉;也是超脱,又不是幻灭。啊,这都仿佛野狐禅了,且住。

但是,山还是穷。

我青年时,住过北方的山沟,叫作沟,却没有水,叫作山,又没有山草野树林子。黄秃秃、灰塌塌,夏天见点绿吧,也只够铁青成色。又赶上那叫作"三年困难时期"的,连马齿苋都难得,吃树叶树皮掺和棒子楂粥。有天走几十里路到公社里开会,还搞着什么运动呢。半道上,拐进一个村庄,去喊一个也在搞运动的诗人,一起上路。我头晕眼花,看见诗人桌子上有几丸中药,伸手抓来吃了。诗人告诉我其中有两丸是好人吃不得的,可是我吃了,好了,走到公社了。

中年时,适逢"放逐到乐园"。在一个山沟里"闸沟垫地","以粮为纲"。打凿石头,叠坝拦洪,挖山运土,填沟种粮。人都编成连排,打钟上工,吹哨歇晌,来回站队,叫作军事化。第

二年山洪下来,冲得一干二净……

我在油印的"战报"上写过一首歪诗:

风吼如贼兵,钟声震山村。
摸黑认白霜,推车撞柴门。
钟是上工令,上工如上阵。

自以为调子够高的,不料有人说是"其声也哀"。

当我站在老年的门口,心想远处是不去的了,要走走,也就在近便的熟地方吧。可是生活发生了重大的深刻的变化,好像随处有惊雷,寂静的深山老沟那里,更有召唤人的雷声。上月,又访问了一个山脚海边地方。听说这些年,大海也穷了,捕捞数量年年减少。比如那随着春潮涌现的海蜇,现在看都难得看见了。我少年时,海蜇是海边平民百姓的家常食品,地位和咸菜一般。早上下稀粥都下腻了,不如一根油条叫小孩子欢喜。现在,海蜇成了酒席上的一样海味,用一倍的黄瓜丝拌了端上来,盛在高档的拼盘上占一只角……大海怎么会穷呢?资源给胡乱破坏了。这三两年,大海又丰富起来,因为承包责任制,开展了养殖,落实了防护,海带、海参、珍珠、鲍鱼、对虾、螃蟹,都不是稀罕东西了。

那么山呢?我走进一条穷山沟,只见乌绿乌绿,茅草没膝,幼树刚刚起来,长成妩媚的处女林。再往里走,忽然上上下下,或显或隐,成片成阵的丁丁声响……

山和人体一样,有许多皱褶,那宽的深的才叫作沟。凡皱褶那里,都垒上三道四道石头坝。沟呢,三道四道坝中间,镶嵌成四方或长方或椭圆的蓄水池。池上若有闸门,就有平台、栏杆、石级,所有的坝、池、台、级,全部用长方石头,对缝落地,整齐瓷实,简直是公园里的游泳池,没有见过治大山,用这样精致的手艺……

我猛然想起,中年时候闸沟垫地的一败涂地,筋骨也还酸痛呢!

回答我的,是带着痛恨的声音:不能一刀切,不能哪里也是以粮为纲,垫地就坏了,沟还得是沟,山还得是山,只是要水土保持。流走的不是黄泥汤,是山的血。让草长起来,让树长起来。沟里种果树,坡面上是花生,山头上覆盖用材林。山,那还不富起来,发起来,麻绳沾水也勒不住呀!

我猛然想起:不是说这么承包到户到劳,集体的事业就得松散了,那么偌大的治山工程,又怎么号召得起来?

回答我的,是满脸开花的笑容,是起自丹田的笑声,这里边的言语就不必细说了,散文不宜理论,只是抒情。

看看山坡上的凿石工地吧,哪来的这么些运动员?破衣烂衫看不见,对襟大襟褂子也少见了,青年们都爱穿运动衫,小伙子身上火红,那个姑娘镶白条的蓝裤子足有三尺三,好修长的身材。三三五五坐着石头,抡着石锤,凿着石块,没有打钟吹哨,没有连排长走来走去吆喝,没有大干苦干还要加拼命干那些口号……只听见细水长流般的、微波荡漾般的丁丁声,这丁丁声里,可以说悠然自得。我若还是中年,我会坐到这里面去,坐在乌绿乌绿的茂草幼树的深山里,坐在远远近近或显或隐的丁丁声里,啊,这丁丁是天籁,天籁!

前天刚回到家里,《瞭望》的一位熟人走来约稿。他也刚从山西一个荒僻的山沟采访回来,说起"野人"张侯拉的故事。这老汉是世纪同龄人,是种地的把式,又是经商当货郎的能手。穿得比叫花子还叫花子,逢年过节也舍不得吃肉,平日不

吃一口馍，攒下一屋子粮食还有银洋八百元。这老汉却生成一个种树的"病"，六十六岁时撇下老伴儿女，钻山沟住石洞，吃野菜过野人生活，只是遍山种树。省下的粮食和那光洋，用来买树种树苗，有时候也雇两个羊倌帮着做活。十多年千辛万苦地下来了，被县里发现，一丈量，成林面积三百多亩，三十多万株，这条沟里下来的是清水，不带泥沙……县里研究必须落实经济政策，要给他报酬。老汉不要，他说为国家义务造林，为人民发财。

他要为这老汉写万言书立传，只是觉得太奇，怕读者不肯信。我也说奇，奇。但又立刻想起在北京山里，我也见过一位看山老汉，十年八年的咬牙，竟把一个石头山岗，拾掇得有果树坪、杨树林、核桃沟、板栗坡……有石子小路盘绕，有城墙般的地堰，还有安身的窑洞，树下有喝茶的石凳石桌，把一个石头岗，拾掇得像是石雕山景。

我也想过为这看山老汉立传。

山里有奇人，奇得叫人不肯信。不肯信不是不相信，是觉着有股子什么力量，说不清，摸不着，有些神秘似的。

深山老林就透着神秘，那静，那天籁，那叫每根神经舒展如小溪潺潺。山里的奇人都是静静的、默默的，舒舒展展地做着非常艰苦的工作，"日长如小年"，又"十年如一日"。

谁要是能够体会山的静，也就可能摸得着奇人的奇。山的外形和内心都透着静，这静是庄严，是踏实，也还有些必要的超脱。

敬 启

因为某些技术上的原因,致使本书的个别作者尚未取得联系,敬请见书后,即与责任编辑联系,以便我们及时奉上样书和薄酬,拜乞见谅。